U0536644

万水千山入韵来

古今重阳诗词选

中华诗词研究院　编

图书在版编目（CIP）数据

万水千山入韵来：古今重阳诗词选 / 中华诗词研究院编. --
北京：中国书籍出版社, 2018.10
ISBN 978-7-5068-7031-3

Ⅰ. ①万… Ⅱ. ①中… Ⅲ. ①诗词—作品集—中国Ⅳ. ①I22

中国版本图书馆CIP数据核字（2018）第227590号

万水千山入韵来：古今重阳诗词选

中华诗词研究院　编

责任编辑　李国永　吴秋野
责任印制　孙马飞　马　芝
封面设计　东方美迪
出版发行　中国书籍出版社
地　　址　北京市丰台区三路居路97号（邮编：100073）
电　　话　（010）52257143（总编室）　（010）52257140（发行部）
电子邮箱　eo@chinabp.com.cn
经　　销　全国新华书店
印　　刷　北京睿和名扬印刷有限公司
开　　本　710毫米×1000毫米　1/16
字　　数　230千字
印　　张　14.5
版　　次　2018年10月第1版　2018年10月第1次印刷
书　　号　ISBN 978-7-5068-7031-3
定　　价　55.00元

序　　言

为深入贯彻落实习近平总书记系列重要讲话精神和党中央、国务院关于传承和发展中华优秀传统文化的文件精神，继续促进诗词文化的传承、发展和繁荣，助力增强文化自信，助推民族伟大复兴，根据国务院参事室党组意见，2017年重阳之际，中华诗词研究院开展了“今又重阳”中华诗词网络平台诗词文化活动。活动旨在倡导过好我们中国人自己的传统节日，用中华民族最优雅的方式——传统诗词表达情感、凝聚人心。

我院高度重视本次活动，组成了以院长袁行霈先生为主任的组委会，成员包括屠岸、叶嘉莹、刘征、程毅中、杨金亭、梁东、林岫、周笃文、郑伯农、白少帆、赵仁珪、李文朝、罗辉、孙霄兵、王兆鹏、杨志新、袁志敏。

本次活动采取“互联网＋”方式，网上为主，线上线下结合；以“团圆·敬老·畅怀”为主题，重在面向全社会，唤起诗心、爱心和家国情怀。活动邀请了诗词名家、青年诗人创作作品，并征求广大诗友们投稿参与，诗词院选优刊发，部分作品辅以评鉴。同时，网站编辑部还全面整理不同时代以重阳、敬老、团圆为题材的优秀诗词作品，配合当代诗家诗友们的作品在网站、微信平台和诗词刊物上刊发。

重阳节也是团圆节。台湾是中国不可分割的一部分，两岸同根同源、血脉相连。诗词是中华民族表达情感的重要方式。本次“今

又重阳”诗词文化活动，我们还特别邀请诗词名家和青年诗人以“两岸一家亲”为主题创作一批诗词作品。

重阳节也是老人节。在这个节日里，我们呼吁全社会加大对老年群体的关心关注。我们中华民族将越来越近地迎来伟大复兴的时代，我们也呼唤“银发一族”用中华民族优雅的艺术形式诗词来抒发对国家民族的深厚感情、对晚年美好人生的憧憬和积极向上的情怀。

本活动共征集了当代“今又重阳”诗词作品千余首，辑录历代重阳诗词三百首，发布专题微信与网文十三期。2017 年 10 月 26 日晚，结合“庆祝党的十九大胜利召开”主题，我院在国家图书馆艺术中心大厅举办了本次活动的专题文艺演出——“今又重阳”诗词晚会，取得了良好社会效果。

现特将本次活动征集到的当代优秀“今又重阳”主题诗词，以及历代重阳诗词分类整理，编辑成集出版，以供各位诗家和广大诗友赏读。

中华诗词研究院
2018 年 8 月

目 录

卷上 “今又重阳”征选诗词

诗海撷珠

万水千山入韵来——古今重阳诗词选

诗家英华

诗社精粹

卷下　历代重阳诗词选

寿敬篇

团聚篇

登高篇

赏菊篇

醉秋篇

佩萸篇

秋宴篇

寄和篇

秋景篇

怀思篇

天问篇

卷上 『今又重阳』征选诗词

诗海撷珠

重阳节感怀

吴成岱

一

天高云淡好登山，雁阵凌空下岭南。
秋菊飘香千户乐，纸鸢寄意万民欢。
年年双节来相接，岁岁重阳去又还。
七子回归单缺一，母亲泣血唤台湾。

二

又见重阳秋色浓，绵绵思念寄飞鸿。
民心远近血源在，汉字简繁文脉通。
海峡无端留怨恨，神州有幸待英雄。
何期畅饮菊花酒，一缕清香两岸同。

近重阳思亲（外一首）

苏兰芳

经年离索已寻常，多少诗成在异乡。
塞外人怜秋事早，不期菊老又重阳。

重阳寄远

别时犹是杏花飞，万里期逢梦总违。
今值秋深无所有，菊开满径待君归。

一丛花·丁酉重阳有题

范诗银

西山红叶似心圆，欣可作心笺。心笺莫写相思字，纵写来、也是秋寒。霜花开过，雪花开过，留不得明年。

明年若把那笺看，依旧九分丹。可怜有字无从识，再细描、泪也潸然。初服难裁，初心如火，忆不得青颜。

甲午重阳于宝鸡步杜甫九日蓝田崔氏庄韵

赵天然

秋苇苍苍秋水宽，人生能许觅清欢?
终将绿鬓消成雪，久愧红裙未有冠。

千里难寻乡梦老，一杯聊抵雁声寒。
铃音谁寄新诗到，暮色微微试目看。

临江仙·重阳登高

宋玉霞

野菊丛中寻路，白云深处遮腰。雁行足畔任逍遥。危崖人独立，衣带北风飘。

醉眼看山难醒，霜枫似火还烧。草团蒲坐冽泉浇。胸中多块垒，都在一时消。

重九登高

寇燕

欲挥阴翳复晴明，更上珠峰豁眼睛。
酒酿黄花嬉令节，诗吟红豆寄台澎。
同根久有团圆梦，隔海难分骨肉情。
一统炎黄期有日，九州歌吹庆升平。

重阳登高有感

刘如姬

一

芦雪纷纷暮蔼收，风翻稻浪曲江流。
夕阳红尽依山枕，老柳青回系钓舟。
彼岸几曾风雨渡，浮生未许鹭鸥游。
远村灯火幽微闪，可有一窗为我留？

二

龟山寺北拱桥东，芦荻萧萧风未穷。
渡口波轻横野钓，庙前烟袅起梵钟。
浮屠影落澄江碧，归鹭背驮斜日红。
重九登临天地旷，一怀疏落自从容。

临江仙·重阳两岸情

宋常之

袅袅炊烟腾瑞霭，码头独自徘徊。白云行处至亲宅。悄悄惊喜到，口信话捎来。

只为回家团聚梦，同胞倾诉情怀。风晨雨夜待船开。分隔成历史，乡近见楼台。

满庭芳（身在深山）（外一首）

刘海彬

身在深山，峰高岭峻，人间忽又重阳。年年此际，多半在他乡。远眺鹫峰巍巍，岭头下、遍野菊黄。金风里，一行人字，鸿雁正南翔。

农家因旧俗，食糕饮酒，茱萸相将。尽孝悌，宗亲同拜高堂。无奈天涯逆旅，拼一醉、聊寄衷肠。仙风阁，呼朋引伴，拾步上高冈。

2017-10-28 于福建宁德周宁

念奴娇·题周宁浦源古村落乡间村落

聚鲤鱼万尾，堪称奇迹。车往宁德乡下去，山水蓝天凝碧。岁月悠悠，红尘滚滚，瀑泻九龙漈。鸡鸣犬吠，风光千载如昔。

今日恰是重阳，呼朋唤友，皆是东来客。徜徉徘徊街市里，新月方升天际。东海掀波，洋溪涌浪，雁唳秋声里。菊花开处，牧童渔父相戏。

2017-10-28 于周宁浦源古村

少年游·九月初九老父赏菊花（外一首）

胡炳日

八十八岁看菊花，含笑指峰夸。微微出语，姿姿欲唱，声密乐全家。

童颜鹤发成天坐，有碎步轻滑。想那童年，紧跟身后，庭院种菊花。

重阳寻静

重阳妆树金秋色，漫步寻幽踏叶轻。
已把忧思抛世外，莫名之际眼潮红。

四世同堂迎丁酉年秋夕（外一首）

杨利民

题记：家父今年94岁，退休前日夜操劳，庆幸的是现在四世同堂，有子、孙、曾辈近二十人。在这丁酉年中秋节来临之际，兄弟姐妹们倍加思念一生含辛茹苦的慈母。

适逢佳节天街闹，随伴高堂浴晚霞。
争饼分瓜寻雪桂，卧风吟月赏秋花。
临窗手足犹思母，绕膝曾孙已忘家。
且与老翁相对坐，了收薄酒敬仙茶。

重阳登径山

题记：径山寺创建于唐天宝年间，距今有1200余年历史。南宋时香火鼎盛，是江南五大禅院之首。2010年，“径山茶宴”被列入第三批国家级非物质文化遗产名录。

千年古刹寻茶宴，林木森森日影残。
醉入愁肠须执笔，思随病骨欲凭栏。
径山枝瘦钟声远，天目霜侵月色寒。
不羡珍馐夸秀竹，暂归野杖久盘桓。

重阳节老年书画比赛抒怀

周永战

鹤发挥毫纸墨香，菊花吐蕊庆重阳。
登高把酒临风处，互叹流年品蟹黄。

卜算子·重阳节感怀

张秀娟

一

对影抱秋风，往事轮番现。人海浮沉感慨多，不觉天将半。
篱菊每年开，更胜当年璨。旧故新朋皆是缘，独对词青眼。

二

雨落感秋凉，瑟瑟流光浅。数载悲欣已自知，凡事随缘看。
闲泡一杯茶，常去娘家转。饮尽霜寒悟得开，任尔风云幻。

三

细雨织闲愁，叶落千千片。秋到眉头不自知，大把光阴换。
回首物全非，入耳声声雁。故地重游故友稀，万事浮沤幻。

四

入目数枫红，一抹霜痕浅。分落眉边与鬓边，始觉流光转。
知己已寥寥，顾影轻轻叹。但把沧桑诉与风，只恨天涯远。

五

近日怕相思，未老人先倦。愁绪萦怀细若丝，骨缝都填满。
诸事不由心，只羡南飞雁。自在随风万里遥，不道缘深浅。

逢闰九月二首（外一首）

张明新

一

莫言好事不成双，天道殷殷意味长。
为示人间多尽孝，一年故遣两重阳。

二

青眼黄花两度开，圆蟾可看十三回。
闰年闰月还期待，闰个人生一世来！

客居重阳无山可登

酒共渊明吟共菊，思同摩诘忆同袍。
岑山碧在素心里，纵未身登境也高。

太常引·游双塔寺

张建中

老心不悔路迢迢，痴意恋征袍。雨暮复云朝。趣常在、秋游兴豪。
茱萸插遍，菊花酒劲，重九岁逍遥。结伴再登高。凭栏处、凌霄梦骄。

采桑子·重阳节获赠千年红豆

蔡锦元

黄花秋晚情如旧，曾约佳期。今约佳期，红豆园中探古枝。
珊瑚沁血珍珠泪，最惹相思。又惹相思，灯下轻拈欲览时。

重阳节感赋

裴平

应邀欢聚度重阳，把酒吟诗雅兴长。
万里神州歌发展，卅年改革创辉煌。

登高不惧路途险，赏菊欣逢国运昌。
阔步小康奔富裕，老人幸福话安康。

采桑子·重阳节，和毛主席《采桑子·重阳》

许天冠

神州何处无重九，江海茫茫。天地茫茫，极目秋光一片黄。
江山代有贤人现，上辈辉煌。这辈辉煌，人到七十才艳阳。

诗家英华

“秋色斑斓思正耽”——七十咏怀五首（外一首）

——郑欣淼 小辑

郑欣淼先生是现任中华诗词学会会长、中华诗词研究院顾问，他曾担任青海省副省长、文化部副部长、故宫博物院院长等重要职务，出版学术著作十多部。近年来，他领导中华诗词学会为接续和传承中华诗词文化做了大量有价值的工作。重阳节前，中华诗词研究院特将郑先生一组七十咏怀诗和赠送司机的一首词作为重阳特辑刊发。——编者

七十咏怀

其一

风尘一路忽如旋，造化驱人岂偶然？
血荐韶华镐京月，心萦畎亩渭川烟。
雪峰饱看五千仞，紫阙欣聆六百年。
今可从心矩犹在，衙门再结海山缘。

注：作者退下后移往故宫清代稽查内务部御史衙门办公，衙门左为景山、右是北海。

其二

心头骚雅耳边钟，相伴今生有两公。
春望秋兴感沉郁，鹰飞鲸掣思宏雄。
热风已得燃犀烛，直面才看贯日虹。
鲁迅锋芒工部韵，殷殷尽在不言中。

注：作者有《文化批判与国民性改造》与《鲁迅与宗教文化》两本鲁迅研究专著出版。

其三

一脉文渊岁月渐，天教我辈探骊颔。
故宫倡学深侔海，才俊为基青出蓝。
十五流年鼓无歇，三千世界味初谙。
衰翁漫道古稀日，秋色斑斓思正耽。

注：作者提出故宫学已近十五年。

其四

屐痕到处总匆匆，我有相机留雪鸿。
青藏风情情万种，紫垣殿影影千重。
刹那定格供开眼，经久回思凭荡胸。
历历行程最堪记，恒河畔觅佛陀踪。

注：作者有《高天厚土——青藏高原印象》与《紫禁气象——郑欣淼故宫摄影集》两本影集出版。

其五

黄华银桂正宜秋，欢聚倾杯松鹤楼。
儿辈自强差可慰，老夫尚健复何求。

人生青岁总风雨，世事红尘不泡沤。
回首犹存几多憾，至今惜少好诗留。

二〇一七年十月二十日

浣溪沙

赵晓明同志自1998年底任余之司机，至2017年9月30日退休，相处十九年，感慨良多，特拟小词相赠。

回首才惊十九春，生涯甘苦伴车轮，相看俱是白头人。
一路风霜穿冀豫，几行宫柳守晨昏。个中有味自堪珍。

二〇一七年九月三十日

“仲秋夜，团圆话语长”

——李文朝 小辑

沁园春·重阳

一叶镶黄，夏去秋来，金色盛装。望漫山遍野，果实丰硕；连阡接陌，谷物飘香。人影繁忙，农机轰响，催马扬鞭竞运粮。齐欢笑，饮丰收美酒，喜气洋洋。

适逢皓月银光。仲秋夜、团圆话语长。渐风轻云淡，空高气爽；蓝天丽日，碧海澄江。枫树更妆，菊花正旺，万里丛林舞彩裳。上极顶，祝年丰人寿，岁岁重阳。

题户县重阳宫

全真圣地祖师庭，天下重阳万寿宫。
得授金丹成正果，凝神炼气化仙风。

“安得河山成一统，旅人归醉菊花觞”

——熊东遨 小辑

秋日忆台湾同胞

几番风雨近重阳，未上高台已断肠。
斜白逐波江浸月，乱红垂树野披霜。
情牵海岛鸡声远，目极云天雁字长。
安得河山成一统，旅人归醉菊花觞。

九日花岩溪观鹭

尚有眉堪画，秋山自入时。
云收千嶂雨，鸟诵一林诗。
但得心常在，何嗟梦觉迟。
世间真趣味，本不要人知。

重九登思南中和山小憩华严寺

引杖山门外，秋江到眼明。
中和初雨歇，小寐午蝉清。
治世劳心力，无为即泰平。
风云非不喜，只是厌纷争。

丁亥重九蝠堂命和小杜时斗全亦有霍山之邀因事未赴

谁遣梧窗片叶飞？西风扫径觉凉微。
鸡鸣野寺星初落，雁阻衡阳梦未归。
一记沉雷收宿雨，半江红树涨晴晖。
时清不作登高想，怕惹苔痕上布衣。

重阳登龙虎山同盛元迎建

拾取空山片叶黄，风前信手记沧桑。
材无大用还知止，事到中年过即忘。
新露珠团同面目，故交云散各参商。
不曾留梦凭高傲，孤负秋屏一枕凉。

秋暮登高

癸巳重阳后九日，偕新河田茂登岳麓山。湘绮招饮于半山堂，樵哥亦来助兴。谈诗论道，宠辱皆忘。新河脱口曰：“重阳过后补登高，诚快事也。”予深然之。因截其句衍成数章，非敢云诗，略宣胸臆而已。

一

重阳过后补登高，小踏微霜气亦豪。
红叶寄情于岁月，白头还梦与风骚。
藏山事业天应许，绍古精神浪不淘。
除却自由惟此大，一襟来去任吾曹。

二

浇尽乡愁酒一瓢，重阳过后补登高。
枫如故旧还相认，名本虚无不用逃。
老子何能生世末，英雄埋骨在山腰。
从今做个诗人也，霜雪多情到鬓毛。

三

水村空负酒帘招，询遍黄花未见陶。
半月之前曾订约，重阳过后补登高。
麓边礼佛钟初响，湘上归渔梦已遥。
体会先驱求索意，云端倚树诵离骚。

四

惯听秋风自解嘲，暮云亭畔竹萧萧。
欲归家已遭迁拆，垂老心难免动摇。
孤抱当前惟复古，重阳过后补登高。
明知道死江河废，犹待寒蛩破寂寥。

五

奇峰七二立层霄，云幕撩开一一瞧。
能量正传天以北，极光斜跳树之梢。
文章海内惊何有？车马江干驻漫劳。
不与时人争道路，重阳过后补登高。

重阳前二日梦芙兄寄示赴白门度节诗元玉奉和

未及登高礼上苍，繁星付与鬓收藏。
公之乐者观残局，我所思兮在首阳。
吟罢不知秋社过，梦余真觉菜根香。
山居备得消闲酒，待赏陶家九日黄。

野菊一首借杜九日蓝田崔氏庄韵

尺土维根梦自宽，西风未改旧时欢。
真堪我友无羁子，不戴谁家定制冠。
天与片云成隐逸，夜生零露试清寒。
居身只在寻常处，高格须君俯首看。

九日偶成寄长河沽上

名山住久少过从，日夕开门对野松。
行欠三思成习惯，老余一善是包容。
能将片月呼为玉，应许孤云幻作峰。
子欲论诗秋正好，石霜初白叶初红。

甲午闰重阳

一年两度遇重阳，前值清霜后白霜。
天道有时无秩序，人心从此费猜详。
三千好梦成何事，九十慈亲尚在堂。
些小私怀言不得，登高只为望家乡。

乙未展重阳前一日陪郑公欣淼游橘子洲因故未及圣像而返公命题句补之

不似山阴道上行，橘风香淡竹蝉清。
伟人只合心中拜，省却瞻高路一程。

水调歌头·戊子重九庐山白鹿洞书院写怀

千里一钩月，相伴赴浔阳。客怀交付烟水，莫笑鬓飞霜。待约归田陶令，同逞登高清兴，无酒亦何妨？但恐青庐外，零雁不成行。

和江声，分岳色，赚秋光。漫将心绪收拾，来拜读书堂。人道庭前樟桂，曾记当时缘会，可解为诗忙？渔笛沧浪起，容与协宫商。

鹧鸪天·秋暮黄山写意

梦过千遭笔未花，试邀松侣酌流霞。偶看箕伯无形手，撩起佳人半面纱。
知我者，是谁耶？且将秋绪敛些些。奇峰亦在闲中老，天地风光信有涯。

蝶恋花·重阳后六日初上黄山和蛰兄九日登高韵

坐对秋屏情亦好。抱月登高、趣向天公讨。壁上流云欺客老，由它补阙何须扫。

昨是今非休更道。便具陶腰、也向山倾倒。始信峰前同一笑，清风不许人生恼。

念奴娇·重九偕中镇社友登雁门关斗全兄命填是阕步东坡韵

险关高峙，自明妃去后，尚余何物？多少风云都付与，石偶泥胎华壁。大漠烟寒，长河草白，曾见漫天雪。兵尘劫火，有时成就英杰。

此日携手登临，凭虚四望，未免童心发。指点江山今到古，太息涛生林灭。笔底交锋，枰前演义，省个冲冠发。秋声渐紧，醉醒归问霜月。

生查子·重九夜登高寄友

同此履霜天，同此思亲夜。梦到未生时，身在无何野。

不见后来人，不见先行者。独自仰虚空，涕下何由写？

“登高不尽是乡愁”

——周逢俊 小辑

重阳

秋来更觉意纵横，寥廓登高上古城。

每赏黄花霜后艳，总怜碧桂月前明。

云途但比思途短，鸿梦怎知客梦轻。

昨夜孤斟谁问醉，江天入旅正愁生。

乙酉九日于北京松韵堂

九九与诸友登九华山后峰

一

重阳况复九华秋，妙境偏从险处求。

莫测幽深多坎坷，应循曲径著风流。

凉亭积翠思停步，断栈摇枫堪放眸。

暮鼓钟声天自远，登高不尽是乡愁。

二

独上苍茫一望空，家山杳渺隔寒濛。
黄花带泪分人怅，翠艾低咽共我恫。
最怕疏林听杜鸟，堪忧寥廓送归鸿。
人生岁老自怜忆，倦旅常温故旧中。

水调歌头·近重阳

阴欲却无雨，凉气晓寒清。怜它草色低调，花木小疏明。寂院苔椅闲掷，物合时空消瘦，人老季初更。身岂囿帘下，适意挂笼莺。

菊如玉，竹依绿，水轻萦。尽都邀我，江山同醉赏峥嵘。诗旅无关岁月，乐与秋光潇洒，自在任平生。南下武陵路，苍莽壮吾行。

“金风三径菊花黄”

——许传利 小辑

满江红·重阳节寄怀

何必登高，心寄远、重阳时节。庭院里、竹摇清影，菊羞昭烈。红粉暗随晶露减，秋蝉渐觉流光歇。乱眯眼、双蝶复翻飞，真情切。

倾绿蚁，邀明月。些旧事，还陈结。更少年拿云，至今难灭。挣扎夕阳余故梦，燃烧绣野藏寒血。且笑看、花径款残红，风前越。

喜迁莺·重阳邀友赏菊

天吟冻，地叹霜。灿烂菊花黄。秋风萧瑟减芬芳。清秀俏重阳。
绿盈门，香拂舍。雅赏不忘笑耍。幡然醒悟利名涯。甜美梦魂遐。

醉花阴 · 壬辰龙年重阳

又是一年逢九九，人比黄花瘦。背井更思乡，寂寞悲秋，浊泪衣襟透。
无心附雅茱萸嗅，拟冀余晖后。离恨塞鸿来，杯尽香残，韵味仍盈袖。

重阳登高三首

采桑子

茱萸缠臂登高晚，径寂清阴。岚翠笼沉。欲捧残阳一恚心。
异乡游子思亲切，白发呜喑。鸿雁捎音。何日归来抱膝吟。

西江月

好梦无云白露，闲愁穷目冰壶。嫦娥寂寞曳裙舒。敛著眉儿悔悟。
嫉妒多情过雁，同情失恋啼乌。灵槎拟约返郊墟。胜却天堂艳遇。

西江月

皓魄刷新遥夜，团圆定格相思。登高望远掩香闺。诉寄万千枕秘。
赏月惟愁月坠，思君更怕君归。王师亮剑劲征鼙。永固江山壮丽。

长相思 · 重阳

又重阳。独西窗。清冷轩阶秋菊黄。风搓正晚香。
鬓边霜。月宿妆。摇梦青灯幻影长。依稀回故乡。

满庭芳 · 重阳登高望乡

鸿雁南飞，夕阳西下，登高望远皤翁。白云黄鹤，数度梦相逢。背井离乡创业，山作证，睹始知终。怜旋叶，飘零起伏，难已识西东。

牵云传老母，望穿秋水，不见尊容。两难全，孝忠惟留心中。此憾谁堪共说，盈眶泪、暗撒秋风。凝眸处，天粘衰草，归去晚霞红。

重阳登高

雁叫半霜天，流金菊竞妍。
登高叹曼妙，云雾列襟前。

重阳登高

露白茱萸菊半黄，衔芦征雁断分行。
乱蝉落叶金风急，沧海冷云清影长。
人足家殷麟现瑞，门安户泰凤呈祥。
登高望远皆陶醉，浩荡乾坤雅韵扬。

重阳节

白驹过隙又重阳，习俗登高酹数觞。
时雨一城榕树绿，金风三径菊花黄。
放歌当世施廉政，继武前雄固国防。
谁说春归无觅处，嫣红姹紫共韶光。

双节赋

适逢国庆又重阳，望远登高气宇昂。
风展红旗皆有梦，霜催金菊亦余香。
奋髯提笔人和赋，作乐衔杯政畅章。
吩咐嫦娥来与兴，神州锦绣胜天堂。

“追风赶月又重阳”

——张铁民 小辑

重阳

追风赶月又重阳，飒飒金秋稻谷香。
柳绿枫红天作画，风轻云淡雁成行。
登山望断东南隅，越海梦回西北乡。
兄弟阋墙御外侮，并肩携手报炎黄。

追风赶月又重阳（辘轳体）

一

追风赶月又重阳，天水竞蓝谷竞香。
烂漫秋山染五色，也收丰稔也收芳。

二

才饮中秋月桂酒，追风赶月又重阳。
登高遥忆当年事，敢笑凤歌接舆狂。

三

秋风秋韵咏秋江，转瞬青黄鬓染霜。
驹隙匆匆留不住，追风赶月又重阳。

——今晨早醒，想重阳日近，光阴倏逝，便生碌碌无为之感，遂用前诗首句，学辘轳体，试仿作之。尚属初学，不得要领，贻笑之处，勿哂是幸。

2017.10.19，作于吉林悟庐

“携君一醉黄花地”

——李世峰 小辑

菩萨蛮·重阳时节

其一

重阳时节山巅好，登临最可舒怀抱。放眼大江东，心潮真不同。
长天书雁字，谁寄离人意。沿路野菊花，牵人到酒家。

其二

摘菊酿酒佳辰到，松风阵阵添香妙。绿玉满金樽，千杯不醉人。
如花霜叶在，且向苍头戴。沿路采茱萸，彭殇事不虚。

其三

苍山又染琉璃色，谁能识取花和叶。白桦与丹枫，连天接地生。
千山开画卷，寄与谁家院。独上最高楼，江天一望收。

其四

携君一醉黄花地，黄花应会君心意。寂寂满庭芳，秋深深夜长。
天边鸿雁过，知向谁家落。且尽此余杯，明朝霜霰飞。

其五

蒹葭作雪红枫老，青山一夜青青少。图画已天成，萧疏飘渺风。
醇醪初酿酒，好醉新凉后。隔水唤伊人，伊人听未真。

其六

我来西子湖边住，三秋桂子开无数。沉醉已迷离，花朝与月夕。
落花谁忍踏，独立芳林下。掬取一天香，想君犹未尝。

其七

满城桂子香无数，一年好景西湖路。堤上柳斜斜，牵衣到酒家。
画船归晚照，船上伊人俏。买醉有花雕，莼鲈滋味娇。

“底事泪花偏共落花飞”

——康丕耀 小辑

小重山·重九拂晓寄旅晋吾妻

寒雁微鸣晓雾平。绵绵天际雨，过孤城。五台山上可阴晴？幽窗外，鸟似去年声。

莫道对昏灯。相依晨牖下，赏丹青。洛神品罢品松鹰。风又起，独叹落残英。

重九黎明遥寄爱子砚澜

临窗秋叶影朦胧，摇曳虫鸣似梦中。
此日白风来塞北，前时紫燕去山东？
花寒一片边陲月，霜重几枝岱岳松？
聊借雁书传远意，登高自可立奇峰。

诉衷情·乙未重阳

落花时节又登楼，风雨望神州。尘间礼乐消尽，天柱待重修。
诗圣泪，正卿仇，定盦忧。此情谁解？看岭松寒，听雁云愁。

乌夜啼·重九夜感怀

良辰不见清辉，对天悲。寂寞三更秋雨正霏霏。
云未退，人难寐，泪空垂。底事泪花偏共落花飞？

“月华心照总圆融”

——赵安民 小辑

重阳节咏雪菊

今又重阳日，天山就菊花。
风霜砺西域，赤瓣竞芳华。
晶饮昆仑玉，研磨大漠沙。
红霞飞塞外，雪蕊遍天涯。

两岸诗桥

同胞两岸本同根，海峡难分骨肉亲。
一种乡思寄明月，心桥永架是诗魂。

“雅韵山河”台湾行

一样诗经籽，分开两岸花。

同根同沃土，雅韵绽奇葩。
禹甸山河壮，神州儿女佳。
弦歌传海峡，乐土是中华。

访彰化国学研究会，参观兴贤书院，次韵并现场书赠吴春景先生

交流岂止在三通，两岸同根尚古风。
雅韵山河数彰化，兴贤志在竞文雄。

附：台湾彰化国学研究会前理事长吴春景先生原诗《两岸当代中华诗词学术交流》

文化交流两岸通，昌诗立礼播淳风。
炎黄后裔才华捷，共振纲常笔阵雄。

台中市弘道书学会雅集，喜获张月华教授书赠“无碍”扇面

时空穿越到台中，书道弘扬陆岛通。
禹王疏导终无碍，月华心照总圆融。

台北瀛社诗学会“两岸当代诗词学术交流会”，即席次韵许哲雄理事长

诗访台湾觅法门，吟朋喜迓热忱敦。
句长句短惟声美，台北台南独笔尊。
雅韵山河圆好梦，同胞血脉继宗源。
唐松宋柏新枝茂，大树龙盘固扎根。

附：台北瀛社诗学会理事长许哲雄先生原诗《两岸当代诗词学术交流有感》

千里欧鹏入海门，不辞途远见情敦。
骚俦白屋开扉候，处士青云秉笔尊。
昔析山河归异梦，今盟鸡黍悟同源。
笑谈休听外人语，风雨焉能妄拔根。

台北瀛社诗学会两岸诗人雅集

初冬到台北，雨后已天晴。
此享鹏飞境，兼怀海晏情。
台遗环水碧，湾带古榕清。
瀛岛诗人会，神州弦诵声。

“海碧天蓝共倚看”

——赵松元 小辑

“雅韵山河”台北雅集赠与会诗友

甲午秋冬，台北参加瀛社诗学会“雅韵山河——两岸当代诗词学术交流会”。时寒潮来袭，然树木犹自葱茏，绿草如茵，桂花飘香，菊花盛放，白梅初绽，天地间生机盎然，此非两岸共襄，诗道张扬可待也乎！赋此以赠与会诸君子。

冬来草木亦清华，好自梅边赏菊花。
待鼓天风云汉去，相持海上酿流霞。

郑成功诗：南山开寿域，东海酿流霞。

台湾国立成功大学“雅韵山河——两岸当代诗词学术交流会”感赋并呈与会诸君子

风雅深存一寸丹，斐然君子气如兰。
横吹玉笛山河动，海碧天蓝共倚看。

“雅韵山河—两岸当代诗词学术交流会”台湾大观音寺诗书雅集感赋

水墨清华酒半酣，斯文有道共云骖。
观音亭里弦歌起，别有诗情海样蓝。

台中别友人

天涯执手雨微微，何日重来看落晖。
夜色苍茫台北去，五弦挥罢自鸿飞。

士林官邸

当时绝代慕风华，剩有游人对落花。
照影横塘依旧绿，竹篱深锁夕阳斜。

“插萸还举金瓯酒”

——刘献琛 小辑

临江仙·重阳登高

欢聚重阳佳会，相邀叠嶂登高。江山如画自堪豪。翠峰摇竹树，白练挂溪桥。

啸傲孟嘉风雅，沉吟陶令诗骚。丹枫黄菊竞妖娆。茱萸须遍插，台海彩云飘。

2013.10.17

霜天晓角·重阳（集句次菩提智英韵）

艳菊留金，成蹊正可寻。馥馥幽香密蕊，霜著处、映园林。

堪为朝夕吟。撷芳思满襟。露洗重阳天气，沈醉也，试鸣琴。

注：集宋·刘子寰、唐初·李世民、清·董元恺、宋·吴文英、唐·方干、皎然，宋·田为、赵以夫、方岳诗词句。

水调歌头·重阳赏菊（集句次睟上心痕韵）

散漫摇霜彩，红槿护东篱。蝶愁蜂懒无赖，沾洽尽融怡。金母为涂娇晕，绿酒从人放饮，莫与负佳期。含气开重九，归燕自东西。

幽香远，翻玉袖，舞瑶姬。满怀冰雪，笑凭子墨写新奇。手把离骚读遍，未是龙山高宴，意境忽迷离。隐逸追元亮，颠倒醉衫衣。

注：集唐·公乘亿，明·陈迁，金末·王寂，宋·胡寅、项安世，元末·李延兴，宋·张明中，明·何吾驺，宋·蔡襄，无名氏、陆汉广、冯取洽、释居简、辛弃疾，清·王士禄，当代·何永沂，宋·吴可，唐·元稹诗词句。

满江红·今又重阳

今又重阳，听华夏、钧天乐奏。烟霞舞，云飞电绕，凤吟龙吼。仙阙瑶台淹日月，神舟银汉乘星斗。更葱茏佳气满京都，花香透。

中南海，涵宇宙；紫光阁，春风手。展宏图万里，江山如绣。祛鼠常悬欧冶剑，插萸还举金瓯酒。望丝路、八极胜长房，雷霆骤。

“红至重阳愈坦诚”

——褚宝增 小辑

重阳日观香山红叶

每于秋季到余生，红至重阳愈坦诚。
岂向湖池投水影，敢抛筋骨敌风声。
任由暮色千层暗，独画天边一片晴。
树比松形虽势弱，结群相抱亦堪惊。

丁酉重阳思及两岸

万里江山万古心，撑开华夏大胸襟。
长风浩荡频频暖，孤岛悬浮欲欲沉。
本待菊花陪晤聚，暂抛桂酒去登临。
劝能及早迷途返，卖掉兵刀可买琴。

“惆怅红叶不可寻”

——江岚 小辑

两游香山不见红叶有感

京国十年住，香山两度游。
空闻红叶好，不见一回秋。

九月二十三日与友人游香山

高高香炉峰，挺立半天上。才入东门里，楼阁已在望。欲寻古道登绝顶，古道荒凉唯鸟声。拨云披雾共攀缘，一路不知几回停。岂无坦途供漫步？壮心那肯稍垂顾。笑指游人往复来，不解风光在险处。鸟道蛇行凡几里？峰高路远汗如洗。累极又欲翻身坐，忽见群山在脚底。万千疲劳尽抛却，相看形神俱飞越。青山白云何缭绕，长松古柏翠如扫。窈然不辨来时路，只疑乘风凌八表。九月寒蝉处处闻，惆怅红叶不可寻。却坐缆车下山去，山风泠泠吹衣襟。俯视下界徒攘攘，搔首云山合长往。日午人归心未归，犹劳魂梦一夜想。

忆与友人游香山

蛰居闹市岂无闷？才对高山便有神。
何况故交千里至，与余同是素心人。
流连曲径看松色，晏坐群峰听鸟音。
抱愧未能赏红叶，劳兄还向梦中寻。

“故乡菊酒天涯享”

——赵作胤 小辑

重阳节登高感怀

一

踏月拾阶秋草黄，山尖雾海笼苍茫。
风吹云岭霞光透，叶载珍珠朝日藏。
放眼人生峰险峻，回头雁字影彷徨。
孤鸿惹泪心间滴，溅入飞流万里长。

二

九九登高步履沉，云间雁字惹谁心。
天涯独望家山远，浊酒入怀何处寻。

登高感怀

重阳惊客梦，又见冷香开。
满岭飞霜叶，片云征九垓。
风催花落泪，梦碎影添杯。
天涯深处望，孤鸿枉自哀。

冷香：菊花喻称。杨万里《白菊》：“白菊初开也自黄，不怕清寒嗅冷香。”王建《野菊》：“晚艳出荒篱，冷香着秋水。”

蝶恋花·重阳登高

枫叶满山红透爽， 秋草枯黄，石径蜿蜒上。举首风声沟底响，一坡霞似流金淌。

双臂张开胸意畅，狮吼龙吟，峰壑来回荡。雁字相邀心向往，故乡菊酒天涯享。

重阳遥望台湾海峡有寄

红日腾空升对岸，重阳遥望渐深秋。
涛声滚滚痴心问，帆影翩翩双雁啾。
觯举豪情酒频饮，梦圆大国志还酬。
同根一脉何时共，借得清风迎远舟。

“故园又负重阳约”

——郑虹霓 小辑

虞美人·咏菊寄怀

故园又负重阳约，双鬓西风掠。那时篱畔点晨星，报道南山先放一枝明。
倦游不恨霜天月，总把愁容阅。恨它蛩语助清寒，翠袖盈香无寐对更阑。

己丑近重阳试笔

蛩语秋从碧砌残，罗衣似叶怯风寒。
难酬湖海归期问，每动音徽心底澜。
朱墨方期亲大雅，白云无奈出层峦。
登高罢却仍伤感，兔走乌飞若跳丸。

南乡子·丁酉重阳遥寄台湾友人

白露润秋光，佳节思君共举觞。曾记泉边谈笑语，徜徉。清梦回时黄菊香。

一碧海天长，细细金风月影凉。阿里山高葱翠处，遥望。锦绣云开雁字翔。

江城子·记己丑安徽诗词学会重阳诗会

相逢时节近重阳，捧霞觞，对群芳。高唱低吟，一座意飞扬。雪纵盈颠犹啸傲，诗助兴，酒添狂。

青春网上久留香，列琳琅，任徜徉。键走屏开，千里共芬芳。最喜新潮呼旧雨，天远大，韵铿锵。

甲午近重阳用杜牧《九日齐山登高》韵

柳枝无力雨丝飞，伫看浮沤过影微。
蝴蝶南园伤往事，鲲鹏北海待回归。
客居久歇登临意，持卷长思春日晖。
小院秋丛应盼我，明朝香气染襟衣。

“此心早作青山许”

——柳琰 小辑

重阳登高绝句

一　登高

欲把闲愁掷大江，山登绝顶抖疏狂。
金风簪满微霜鬓，双袖犹藏万里香。

二　登山

秋树烟花乱岫岗，素衣轻履逐霞光。
此心早作青山许，抓把闲云嚼来香。

三　观云

云落冈峦忽换妆，山披彩缎绣橙黄。
天底忽过人字雁，无心剪了彩云裳。

四　思友

云启心扉向夕阳，流连往事诉衷肠。
此心忽被雁牵远，欲问潇湘梦里凉。

五　秋雨

丝雨生烟凝冷霜，急风雁影入微茫。
敲窗低语夜难尽，滴滴都从心底凉。

醉花阴·重阳寄友

薄雾轻衣寒气透，杯酒堪相守。举目望东南，满地秋风，吹得烟波瘦。
依依明月穿窗牖，梦也难消受。倚恨断雕栏，熨了眉头，难熨心头皱。

台湾机场告别

急风流雪暗礁惊，南海波涛犹未平。
我看海峡终究浅，只隔关山不隔情。

台湾归来

叠云缥缈抚山轻，深峡惊涛时未平。
舢板孤村怨交恨，高潭樟树月胧明。
百年风雨伶仃影，两岸旌麾陌路行。
早盼富春成合璧，欢歌漫舞共潮生。

“送尽千山万木秋”

——王海亮 小辑

重阳

秋来无处不风光，携酒登高访菊黄。
老柳一湖舟不系，云山四面雁成行。
好涂诗意酬佳节，谁寄幽思到故乡。
岚气欲收怜碧草，转身归去背斜阳。

友人重阳约赏仙台山红叶未至

独坐遥聆古寺钟，寻幽觅静访云松。
满山红叶秋风老，知是霜寒第几重？

清军兄邀游未至二首

重阳应上凤凰台，想见黄花遍地开。
一杯千里空流转，心情到处即蓬莱。

美景真情邀未来，无边风色为谁开。
试看灯影人潮后，月华秋水两无猜。

重阳二首

无限心情有限山，重阳天色碧于蓝。
明朝信否霜寒至，只在秋风一念间。

寂寂晴光缓缓流，依依斜照似回眸。
萧萧黄叶连红叶，送尽千山万木秋。

癸巳重阳登光禄山三首

乘兴登高去，心情随意裁。
黄花明翠谷，红叶隐苍苔。
鸟道深山没，风光绝顶开。
豁然无俗想，云水共徘徊。

漫步西山道，秋高野树林。
天风吹海影，泉响动梵音。
云自峰前变，寒从雨后深。
黄花生郁郁，颇动故园心。

直越垄间道，青山一径斜。
云低团野树，日暖绽黄花。
渺渺平湖水，煌煌帝子家。
迎风疏雨落，正好润新芽。

浣溪沙·重阳秋意四章

水渐清凉影渐疏，流年光景半模糊。明朝风雨又何如？
梦里萧条诗里字，心中寥落眼中书。凭谁相忘于江湖？

漫漫西风引客愁，阳光明亮晚来收。飘然一叶印凉眸。
无极晴云浮远梦，一弯新月下金钩。如何钓起一天秋？

浅叠光明放夜长，露华天气渐生凉。与谁同坐数星芒？
明月诗怀思有致，云涛水墨韵无章。忽然疏雨湿流光。

又到天凉似水时，谁家箫笛细如丝。今宵月色寂于诗。
满纸云旋因雨乱，中天斗灿笑人痴。一壶玉冷只如斯。

水调歌头·重阳采风笔会小记

千里晴光好，天地转清秋。暂了尘缘万事，乐作散仙游。漫步平山沃野，但见柳青荷碧，白鹭起汀洲。一字冲霄去，云外不生愁。

抒胸臆，挥豪迈，写风流。清光逸气交错，画影映高楼。刹那龙蛇飞动，壁立层岩叠壑，芳草自清幽。燕赵英雄地，好梦寄神州。

鹧鸪天·重阳

万里云光似水流，最团圆月印中秋。未消残雾频遮眼，彻底新凉已上楼。
神欲遁，意先休。一般寒暑又从头。黄花怎比春花媚，聊解重阳不解愁。

“篱畔菊肥当醉饮”

——周爱霞 小辑

重阳登高

一

载酒嗨歌一路行，欣逢九日唱秋声。
霜逢旧鬓霜更白，露遇新花露当清。
篱畔菊肥当醉饮，门前柳老渐扶行。
枫林独步依稀倦，捡起信笺问远程。

二

竹亭漠漠路迢迢，五步当休亦自遥。
百里珍珠多炫目，一条玉带半围腰。
秋风早许黄花愿，明月犹吟碧水谣。
借问行行鸿雁阵，今年又过旧溪桥？

重阳感怀

九月似冬寒，雨凄人未眠。
音容话犹在，何地艳阳天。

阮郎归二韵

一

放下东西是和非，听泉赏翠微。吟诗作画日无悲，花香溢四围。
沿柳岸，过云溪，斜阳一道归。夜来明月闭柴扉，随他瘦与肥。

二

竹篱怅对又重阳，台边半菊黄。白衣送酒望家乡，诗词又断肠。思旧志，叹无常，昔时共乐章。匆匆岁月老珠黄，夜寒独自凉。

又 重阳感怀

枯发渐疏牙渐稀，登高拄杖两心违。
犹怜脱履黄花下，三五白衣携酒归。

“何时共话舞霓裳”

——妫海霞 小辑

两岸共度重阳节

秋风瑟瑟浮云卷，燕字成行念故乡。
今又重阳须纵酒，杯斟两岸稻花香。

重阳思乡

菊香月下凭栏望，今又重阳孝念长。
对岸酒酣唯少我，何时共话舞霓裳。

今又重阳

泼墨赋重阳，黄宣现故乡。
秋风行两岸，可否寄衷肠?

“惯如大阮终朝醉，才使千山为展眉”

——郑力 小辑

重阳节前登太行十二首

一

惯如大阮终朝醉，才使千山为展眉。
不入浮沉天弃我，早知兴废代缘谁。
盐车每轭骐驎死，书篦长羁士子悲。
空引王乔乘鹤去，云烟多少莫能追。

注：《畿辅通志》卷六十四唐山条载，柏人城（今邢台市隆尧县西部双碑一带）西门内有石碑，碑文记载“上有（宣）务，王乔成仙”，即王乔在宣务山即尧山（隆尧县西部）之上修道成仙事。

二

此心但许真无物，得与千山共忘机。
俯瞰天中云作水，高吟尘外日浮衣。
忧思忍掷充馀恨，浊世何当辨大非。
王气仍为龙虎幻，可怜自古解人稀。

三

断山依旧问谁雄，负尽苍生逐鹿功。
幽抱忍悬垂暮后，壮心总入不平中。
千金买骨燕台北，九战沉舟漳水东。
冷眼聊将兴废看，只多飒沓起哀鸿。

四

向是天风举不平，崚嶒千里太行横。
柏人辱激贯高愤，智伯仇坚豫让行。
众且寻欢随落帽，独教秉道待扶缨。
振衣呵取云雷动，欲扣九阍悲莫名。

五

一啸风高万籁寒，千山罥影我凭栏。
秋深几望云埋尽，天廓何当雁度残。
清浊世中谁独醒，浮沉身外不须看。
愁肠偏在缠绵里，误却悲欢自古难。

六

天心冷照苍山古，过客纷如一芥微。
莫与乘风随列御，何曾退日仗戈挥。
大鹏独去南溟止，群雁犹凭北塞飞。
暂得浮生无管束，栖云饮涧许忘归。

七

板荡中原旧此邻，宫台禾黍几番轮。
不归主父竟亡赵，但去始皇何继秦。
累岁痴狂耽市井，孤怀卓荦睥风尘。
铜驼一任埋荆莽，龙种从来未肯驯。

八

一任商风降九秋，重岩落木替人愁。
天荒却问石何补，身灭岂争尘与留。
薤露悲时非禹舜，卿云歌处远巢由。
只添逆旅恒今古，不遣青山共白头。

九

可堪击壤唐尧后，大麓寥寥一望中。
猛士破秦漳水上，奇兵灭赵泜河东。
刺袍豫让魂犹烈，投匕荆轲气自雄。
若有五方垂拱处，何须尽铸九州铜。

注：刺袍，豫让刺赵襄子事，邢台市北郊原有豫让桥，为当年豫让伏击处。

十

他年若我痴情死，莫恨无情独是山。
半世功名三径外，一身家国两难间。
只凭浊泪酬新醉，欲断流光锢旧颜。
云影强随人去处，岂多况味等萧闲。

十一

造化小儿何处问，羲轮辟地只重来。
但教一脊撑中夏，长把云烟降九垓。
或许于天充块垒，奇愁亘古醉难裁。
可怜早死夸娥氏，世事如山掰不开。

十二

摩天更问天何郁，宁把苍茫覆到今。
云以高风张远志，露为野莽祭初心。
尧山半没鲧堤废，漯水长堙大陆沉。
慷慨都销家国里，霜尘一意鬓间侵。

注：鲧堤，在今邢台市清河县境内。大陆，古大陆泽，在今邢台市任县、隆尧县、宁晋县境内。

“唯任落花逐水去”

——史洪玲 小辑

秋暮感怀

一笺红叶诗情老，空有相思梦不成。
但把空杯余旧恨，听残永漏复声声。

临江仙・重阳祭依儿

又到重阳秋将暮，凄风瑟缩鸣弦，别肠彻夜枕难眠，哀心黔首，孤月透窗寒。

烟水冥茫尘事老，红颜不与人间，长情难断尚余潸，诗魂凭寄，一纸奈何笺。

待梦依稀，文墨诗社编辑，《文墨诗刊》美工，2016年10月21因车祸去世，美丽的年华，聪明，漂亮，善良，永远定格在了24岁！

临江仙·秋怀

黄叶卷秋风渐冷，凄然似我漂萍，惆怅销尽酒为名，九霄露重，垂泪伴诗成。

唯任落花逐水去，多情何若无情，莫如别过忘忧亭，几多愁绪，并入此笺听。

卜算子

不醉一篱香，辜负茱萸好，却恐黄花一夜衰，共与秋风老。

只是怕登高，又是重阳到。不见他年劝酒人，孤影天涯渺。

满庭芳·又见重阳

庭院寒凉，霜飞时候，醉红偷染枫妆。重阳晴未，回首是他乡。年少抛人易去，向此际、篱畔残香。更谁会，沈城烟景，今夜举清觞。

思量，更已尽，西窗烛落，又见晨光。怎书得无情，无计禁当。不语闲寻往事，怕还有、剪碎柔肠。无凭处，几家帘幕，故里不堪望。

“明日黄花笑我痴”

——韦树定 小辑

己丑重阳三首，时负笈商丘

南湖天气着秋阴，烟锁寒池柳月深。

鸿雁飘萧频入耳，菊霜争斗略关心。

望乡拄杖登台阁，听磬随僧到庙林。
更欲此宵拼一醉，卧他白石水边吟。

蝉悲桐叶触吟思，明日黄花笑我痴。
惊梦年华仍作客，转蓬江海例工诗。
不随鸡犬升腾早，恐恋莼鲈归去迟。
应与侯生俱壮悔，宋州城上望乡时。

难违世事果如何？慷慨天荒地老歌。
万里云层钻雁阵，一帆风势动鲸波。
聊斟浊酒愁如鸩，已病贫身瘦似萝。
愿得元龙楼上卧，忍将青眼再看多！

“九月秋高瞻玉桂”

——童凤立 小辑

重阳渝中半日

特园静穆举家欢，今日仍穿往日衫。
满路书香传重庆，一蓑雨意伴长安。
巍峨宏殿生奇趣，晦暗偏街藏妙餐。
铭记贺公常馈赠，快门勉励半生缘。

自注：时届重阳，午后偕妻女游特园、桂园及三峡博物馆。馆前摄影师贺兄彼此相熟经年，余家五六载间每至三峡馆前，必央其拍照，竟成游历此地之惯例矣。

壬辰年九月初八

寺坪陵园祭徐公敬东兄长

新陵初探鬓添霜，寂寞云宵气蕴凉。
菊泪纵横思义厚，心香袅娜慰情长。
寥寥知遇天难佑，耿耿衷肠地忍戕。
号泣胆肝齐痛裂，从来苦尽是辉煌。

壬辰年九月初九

携女叩贺张先生

金秋菊放又重阳，古砚清斋翰墨香。
细语温言恩义重，再教弟子写华章。

甲午年重阳节

观世人蜂拥上坟有感

重阳时候寂寥天，寒露悽悽满墓园。
尽孝还需频趁早，祖先未必喜冥钱。

乙未年重阳节

呈张教授新立先生解颐

闹市乡间一梦连，重阳寂寞展书笺。
庖丁解宰多成事，卫鹤乘轩尽假欢。
堪恨贪名贻误久，犹图醒志补追严。
悬梁刺股该模仿，改就篇章报华年。

自注：颔联次句“卫鹤乘轩”，事见《史记·卷三十七·卫康叔世家第七》。

卫懿公是卫惠公的儿子，春秋卫国第十八任国君。他终日吃喝玩乐，荒废国事。卫懿公酷爱养鹤，最离谱的是他竟然给鹤封官发俸禄，让鹤坐轿子。国中民怨沸腾。后来狄人破卫，懿公兵败身死。卫国由此从大国变为小国。

谨贺恩师张诗亚教授七十大寿

草街葱郁动情衷，即兴笙歌庆相逢。
九月秋高瞻玉桂，七旬人健比乔松。
雾移树立传薪火，波涌浪推映彩虹。
济济一堂今诵寿，践行师训五洲同。

自注：颈联化用先生即席赋联“千秋缙云山雾移松立学人传薪火；九泰嘉陵江波涌浪推夫子曰逝川”。“彩虹”句，源自《尔雅·释天》：“双出，色鲜盛者为雄，雄曰虹；暗者为雌，雌曰霓。”

“出圃纤枝未识愁”

——惠儿 小辑

重阳闲题

斜阳枫叶半山彤，节又重阳意态慵。
此际登高何忍望，秋光秋思一般浓。

重阳登山有怀

雨霁丹梯上，晚来清气长。
霞红千嶂木，雁入白云乡。

只影城郭瘦，高风襟袖凉。
犹思山水外，霜发倚门望。

重阳寄外

鸿雁穿云际，商声起树端。
黄花方灿灿，清露已溥溥。
香染绮罗湿，月摇茕影单。
嗟君千里外，谁与共初寒。

重阳访菊，次韵红楼菊花诗

独向南山试一游，东篱牵梦易停留。
沐曦新萼方争艳，出圃纤枝未识愁。
清露沾衣香脉脉，飞云含岫意悠悠。
此生但得其间住，不枉韶华变白头。

凤凰台上忆吹箫·秋菊

浅约宫黄，漫裁金梦，丝裙摇月攒云。一任那、霜侵玉骨，露湿冰魂。篱畔初逢如故，似向我，柔语频频。寻陶梦，植取几株，相伴晨昏。

闲拈入茶入酒，犹化作、盈盈案上清芬。且约得、三朋五友，共进琼樽。也效蘅湘题笔，红笺上，赋满诗文。浑无觉，窗外月已殷殷。

“荣华向日如身露”

——醉翁之意 小辑

丙申重阳咏菊叠韵五首

一

叶正飘零水正东，居园守到月华终。
我才天降原迟钝，此际心甘沐露风。
有意且于三月待，无情莫羡九秋红。
笑他借酒学陶令，只叹山同人不同。

二

霜浓露碧武陵东，怀抱幽芬近岁终。
语有鸿鸣听在野，心随荻动絮浮风。
怜蛩不解寻时趣，入夜还犹泣落红。
送酒白衣诚可待，骚人意趣古今同。

三

游人络绎各西东，露冷孤心到夜终。
莫道冰颜堪驻眼，或因他卉已随风。
身闲可藉消清酒，谁保真能忘绮红。
人得嘉言容易醉，不惊于宠孰能同。

四

勤蜂辗转北还东，肯把家珍送到终。
野起萧寥飞树叶，身偕霜露舞金风。

宁因守节迟荣世，不为添花早放红。
远已摇枝知有意，来参面貌笑相同。

五

望尽流荧洛水东，分辉牛斗几曾终。
荣华向日如身露，冷暖经枝坠暮风。
枕向无心山欲睡，飞来解意叶初红。
天灯一盏如钩月，再遇明年两不同。

诗社精粹

扬波诗社　重阳专辑

赵月花

鹧鸪天·重阳

徒步秋山兴致高，半坡霞染望非遥。登临尽赏红枫媚，采摘闲吟野菊娆。
心儿醉，脸儿娇。抬头雁去路迢迢。折枝欲写堪为寄，思绪飞来小石桥。

鹧鸪天·又近重阳

雨洗流光感物华，深怀孤雁咏蒹葭。风中瑟瑟身犹冷，鬓里苍苍日欲斜。
心底事，指间沙。何将世味煮成茶。痴痴未肯愁如许，又恐重阳就菊花。

南乡子·重阳感怀

九月又重阳，蝶舞寒枝梦也藏。穿户入窗风窃语。天凉，谁惜儿孙问短长。
青鬓落玄霜，岁月沧桑几度量。愿得母安无病恙，牵肠，许我亲人寿与康。

诗影同春

云台山寄怀

携友登临处，茱萸俯首迎。
山高云雾淡，秋浅草珠晶。
异客怀情远，重阳菊梦轻。
风寒频北望，遥寄一人声。

如意

采桑子·重阳远眺

长天枕日风轻浪，水剪斜阳。人字成行，云染霞红对楚江。
重楼光烂秋山暖，锦字衣裳。几缕花香，一曲清音推晚窗。

重阳节望夕阳

海浪翻飞因日华，霞光空满锦如花，
百年难称心头事，就取西阳天一涯。

重阳节望乡

九九登高望故乡，千山隔断暗魂伤。
心随雁字家园去，好送黄花满院香。

重阳节思君

昔日秋深别远人，湖中波浪淡描纹。
寒风落叶飘飘雨，曲道林山渺渺云。
笛韵笙歌常向往，芭蕉夜话不听闻。

罗衣含恨思瑶玉，素手熏香祭笔文。
一片冰心谁跌破，三千诗稿苦耕耘。
重阳来去无长语，独守檐光故念君。

玲珑

丁酉重阳

重九入山行，东篱相对迎。
风吹香满袖，鸟啭菊含情。
枫色落时合，新花望处生。
有怀今日景，归去一身轻。

菊花新·重阳有感

眼底南山秋一片，唤起心中情千万。新菊抱黄华，清风里，任由舒卷。
别来经年成眷恋。望天涯，时光难返。往事觅无踪，东篱在，勿忘花绽。

浅笑

重阳日有记

万木精心画彩妆，菊花爆蕊庆重阳。
登高只为能思远，目送征鸿过故乡。

重阳

西风报送菊花开，又是一年重九来。
且把电波询老父，叮咛声里泪横腮。

云樵

种菊

常恨无缘暗自叹，重阳一到便漫漫。
今将灵蒂精心种，夜把明灯仔细看。

开心果

重阳

阳九如期寻旧梦，萸囊菊酒解千愁。
青山无语难为水，笑看客心几度休。

重九日登高感怀

金秋入户又重阳，把盏言欢酹酒觞。
几回佳节为醉卧，曾经少小守骋望。
古来凝晓生平笑，今是拥行介影殇。
昔日吟者诗不老，空留旧梦费思量。

吴盛禄

重阳

江城临节日，高处显秋容。
红叶经霜醉，黄花共酒浓。
看今人已改，望故客难逢。
岁月催时老，吟情对影重。

华子

喝火令·岁岁重阳

野旷天高远，秋深玉露凉。岁临花甲过重阳。约友踏山凭眺，云澹雁南翔。片片枫流火，丛丛菊傲霜。

采茱萸淡淡留香。莫叹华年，莫叹鬓髯苍，莫叹半生如梦，心静许安康。

徐春娥

重阳节

独宿秋窗夜渐凉，蛩声断续串成伤。
三年客路身难稳，千里家山菊又黄。
许是浮名羁绊久，扰来清梦叹息长。
酒杯频举不知醉，借问何人两鬓霜？

晚秋

重阳

一

菊影篱边舞，轻风拂月尘，
幽香侵入袖，还记那年春。

二

仰望繁星盼月圆，千丝万缕夜难眠。
思归万里家山路，平仄频敲一梦安。

临江仙 · 重阳醉

莫道红尘多烈酒，何访一醉千年，朝来夕去几回天。青丝染白发，弹指一眸间。

乍醒方知人是客，谁能似个神仙？江湖好渡亦悠然，不思归去路，醉里伴婵娟。

长相思 · 重阳

山路遥，水路遥，月下徘徊忆灞桥，秋凉落叶飘。

风亦萧，雨亦潇，望断天涯意未消。芙蓉梦里妖。

定西彭彪

唐多令 · "今又重阳"十四首

一

昨夜又西风，寒霜暗自浓。落花飞，秋叶匆匆。大雁长天鸣四起，双翅颤，数千峰。

几上酒杯空，相思又一重。泪长流，两眼朦胧。或许沉吟能度岁，眉紧皱，鬓成翁。

二

秋意沁重阳，秋风又断肠。上高楼，犹觉衣凉。一叶飞来心欲碎，更寂寞，望空窗。

始感酒浓香，杯杯韵味长。明月照，浅影成双。醉赋清词无处寄，这份爱，已深藏。

三

万里故人归，频频举酒杯。几十年，午夜萦回。万语千言难诉尽，多少事，泪纷飞。

柳岸醉余晖，试问谁来随。恨光阴，秋雨相催。一束茱萸遮泪眼，浑不语，待君陪！

四

小草现荒芜，轻轻满地铺。刹那间，岁月荣枯。犹忆当年相遇处，风和畅，雨如酥。

今又少欢娱，鸿雁无寄书。倚栏珊，桂酒倾壶。极目长天心远去，话别离，已残图。

五

漫步上高台，诗风伴月来。一时间、缕缕情怀。只道秋风凉又爽，谁能解，冷沁斋？

执笔点词牌，泪花挂满腮。愿残红、早落尘埃。今又重阳从此去，留不住，叹哀哉！

六

花谢断秋魂，疏枝添雨痕。旅途中，落叶缤纷。信步残林听雁泣，终不见，那时春。

依旧故乡门，任风扫落尘。老柳寒，相抱重温。九九重阳清月冷，杯中酒，慰孤身。

七

落叶起蹁跹，秋风动碧莲。看残枝，四处延绵。玉藕青菱藏叶底，多

少梦，水云间。

相望恨无缘，何时再吐鲜。似当年，九阙台前。贬谪凡尘终不悔，淤泥破，舞如仙。

八

枫叶火中烧，魂随雁字飘。刹时间，清泪如潮。此刻相思难说尽，肠寸断，爱遁逃。

秋气又滔滔，时光不可饶。想当初，宛如雏雕。展翅苍穹飞万里，谁知道，梦已凋。

九

谁在水中歌？一双小白鹅。荡悠悠，醉了花荷。莫道人人皆似我，怜美景，赏婆娑。

历尽几消磨，才来鸣共和。在重阳，沐浴清波。但愿人人皆似我，挥素笔，写青萝。

十

挥手送霓霞，炊烟绕我家。正寻常，菊有芳华。欢乐重阳斟美酒，门前柳，喜双鸦。

极目向天涯，平川披紫纱。有禅心，一碗清茶。饮尽杯中浓与浅，知此味，醉萌芽。

十一

九九念曾经，雁声耳内听。满书笺，一片深情。历尽人间多少事，才懂得，惜平生。

心梦不消停，喜悲又续增。昨日秋，添满京城。落叶飘飘飞满径，真不舍，泪晶莹。

十二

佳节上高楼，诗魂天外游。问苍穹、何以消愁？想我此身无处去，心破碎，枉风流。

不如荡兰舟，畅怀抱残秋。醉红尘、悲喜盈眸。世事随烟轻淡去，从头起，写方遒。

十三

泪水沁衣襟，含愁把字寻。劲风寒，昂首长吟。情满东篱端菊酒，南山下，渡光阴。

何处觅知音，与君风雨淋？共冰霜，不忘初心。卧望浮云常聚散，思进退，说古今。

十四

秋雨沁窗帘，秋风偏向南。又重阳，瑟瑟寒蝉。高处临风摘冷月，云霭霭，水蓝蓝。

试问月宫蟾，何人舞白衫。袖飞扬，笑颜甜甜。欲把平生缘再续，情未老，总呢喃。

重阳夜静思

西风飒飒又重阳，一夜新添两鬓霜。
案上孤灯摇寂寞，窗前细雨送凄凉。
清茶再煮三分色，淡酒轻斟十里香。
醉后相思犹更苦，寥寥数笔寄苍茫。

重阳游华家岭有感

九九登高立岭头，风中景色满怀收。
黄花似锦游人赞，独占家山十里秋。

重阳游华家岭有感

漫步登高处，寒云怎解愁。
忽闻南雁泣，放眼一天秋。

沁园春·重阳赋

白露来时，雁字长天，万里薄纱。览远峰若梦，寒烟笼罩，大河似练，红日倾斜。催发兰舟，激迎波浪，一曲高歌到百家。秋风里，看湖光潋滟，已染霓霞。

神州如此无瑕，或便是重阳就菊花。应浮名淡看，一杯浊酒，闲身静养，几盏清茶。沐浴阳光，逍遥山水，美景迷人梦里赊。痴痴叹，咏千山红遍，一眼天涯。

白竹逸人

重阳

节至重阳火入塘，椿萱康健暖心房。
逸人早备金波酿，耳顺梅期祝寿疆。

流年未央

重阳

菊花美酒催人醉，愁绪冥冥紧锁眉。
九九重阳今又是，我身依旧客天涯。

重阳怀友人

去年今日西风里，酒壮豪情语不休。
通信频频传我意，归乡勿忘话茶楼。

月光下的港湾

重阳思乡

异乡枫色空盈目，家菊胸中万缕香。
何处重阳无绮梦，除非故里竹篱旁。

读“采菊东篱下”有感

陶翁一隐人低调，菊绽东篱放肆娇。
如此芳喧非觉闹，只缘眼下太无聊。

重阳快递

金秋玉露又重阳，函件纷纷到库房。
速拣狂描规路径，传情送物向城乡。
邮包常有多方急，快递从无一夜央。
偷取时分瞒日月，暗中悄悄念爹娘。

乐在东篱

秋风欲把东篱破，有菊千枚护着哦。
喜看南山忙饮酒，无闲管尔那么多。

兰心独语

重阳

九九又重阳，雏菊已换妆。
清风窥梦美，细雨抚情长。
水上弦音颤，云头花信扬。
有君知此意，高处正拾香。

重阳寄友

秋露盈盈润染黄，菊开绰绰唤重阳。
金风会意通南北，诗酒邀朋醉四方。
君已登高酬壮志，我将附雅递新章。
文心知己天涯共，网络平台作故乡。

党立武

行香子·重阳

一

万岭金风，几行云鸿。黄花前、醉染霜枫。茱萸遍插，菊酒盈盅。默酹椿萱，又兄继，独龙钟。

从前是日，音容此际。抚琴弦、雨色濛濛。吟诗诵赋，杜宇啼红。雨落千点，鸟声紧，在风中。

二

门插朱萸，今又重阳。水中鱼、轻跳欢翔。拂栏柳外，依约山岗。现一弯路，一丛树，一红廊。

那边叶紫，那里风凉。那人儿、想也遥望。高楼目雁，暗叹时光。但眉儿感，思儿乱，脸儿黄。

沁园春·重阳

一片金黄，灿烂云霞，野菊泛香。看山河上下，川原远近，画图难尽，恬值重阳。送目园林，霜涂红叶，翡翠玛瑙千层镶。蓝穹上，正雁飞人字，自在翱翔。

尊觞再举何妨？又喜庆今年谷满仓。趁耳聪身健，庖余鲜菜，将来佐酒，也学疏狂。美景如斯，人生乐趣，谱入弦中几曲章。存精锐，待来春播种，幸福康庄。

凉笙墨染

少年游·九月初入园

秋风弄柳绿衣滑，金叶跃枝丫。温馨学堂，灵心幼女，顽语叫喳喳。

追逐打闹心欢喜，粉面笑哈哈。驰骋青春，放飞梦想，莫负好年华。

刘晓岚

卜算子·重阳

他乡是重阳，菊在枝头秀。一盏乡愁对月吟，风把西窗叩。

无香心寄云，醉倒黄昏后，浅唱低吟茱萸色，一季黄花瘦。

卜算子·重阳赏菊有感

最爱菊逸然，数棵栽篱下，待到群芳调谢时，水墨描清雅。

相约重阳开，菊酒还相把，醉眼寻香一卷词，捻韵皆成画。

江城子·重阳有感

秋风阵阵谢花妆，夜生凉，落秋霜。瘦影东篱，几树菊花伤。试问空中南行雁，家书托，莫相忘。

此时故地正重阳，鬓苍娘，泪中望，句句珍重，装满我行囊。头插茱萸高处站，乡愁起，断谁肠。

定风波·重阳有感

一

细雨敲窗小梦惊，离愁别绪向谁倾。一夜清寒香何处，凄楚，今宵酒醒对空庭。

相思已成杯里物，黄叶，随风飘落又千层？岁岁寒霜欺瘦菊，孤独，年年篱下写伶仃。

二

枫染千山霜染头，一湾碧水映清秋。青黛含羞应识我？怎个，闲云暮雨锁层楼。

故里菊花开是否？还有，茱萸又插几人头？折柳赠君心又乱，轻叹。可怜旧梦总难留。

三

一劲黄花一劲秋，西风携雨过枝头。阵阵蝉鸣停不住，是否？缘来缘去任缘留。

瘦影青衫红落处，或许，分离成泪也成愁。一寸初心明月老，知晓，半生知己总难求。

四

白发黄花一处生，斜风细雨不堪听。秋菊抱香枝头老，谁恼，无花无酒月难凭。

每向风中寻往事，一地，清词落墨更伤情。只恨匆匆春事了 ，谁晓，青衫瘦影笛难横。

孔宪忠

重阳

清露催开淡菊香，酒巡月朗暗寻芳。
蛩声啼破秋寒重，九九三更夜落霜。

重阳赏菊有感

采菊东篱叹劲风，吹寒瘦影瑟园中。
诗情应比黄花瘦，花骨人心两此同。

重阳忆母亲

重阳久久忆慈颜，身沐春晖一梦间。
瞩望松冈长恣泪，茱萸无佩绝尘寰。

重阳抒怀

鸿雁南飞日影愁，孤帆远水向东流。
山高望断三秋艳，又醉重阳恨不休。

孺子牛

写给母亲

重阳每自嗟，反哺不如鸦。
厨下瓜当饭，篱边菊作茶。
都宜忙事业，谁与话桑麻？
遥念佝偻影，频频巷口斜！

紫渝冰雪

重阳

九月登高心事重，关山万里泪朦胧。
长空离雁声声远，几缕乡思入酒浓。

卜算子·重阳

九九又重阳，篱菊清香透，片片红枫似蝶翩，鬓发银霜又。
弯月似钩悬，多少乡思瘦，烈酒三杯泪几行，望断关山后。

田建忠

重阳怀感

细雨霏霏雾绕岗，狂风烈烈叹重阳。
去年二老纷纷至，今日双亲默默亡。

重阳有寄

月影朦胧旧梦长，庭前把酒夜微凉。
重阳又至人何在，一缕清风寄故乡。

万祖军

又重阳

屋后堂前野菊黄，金秋九月又重阳。
奔波儿女天涯远，无趣登高酒满觞。

临江仙·又重阳

喜看垄上千树果，金秋九月重阳，天涯游子可还乡？枫红山遍染，屋后菊花黄。

愁望南飞人字雁，节来尤念高堂，椿庭萱草可安康？独孤为异客，酒尽泪盈觞。

许存发

无题

曲径幽居锁菊黄，一年一度又重阳。
紫荆含泪催山月，小院落红飘异香。

武佛善

重阳

野旷秋深河水长，登高远望又重阳。
时光莫让空流去，把酒开怀就菊香。

米蓝

重阳

重阳时节天涯望，秋草斜阳孤雁飞。
日落繁星霜满地，西风吹动菊花归。

东君

重九即兴二首

一

上阳霜叶剪红绡，秋过长天云彩飘。
菊酒三杯斟雅兴，陶诗几首入琴箫。
结庐幽境无车马，游目南山入汉霄。
浪卷山花欣烂漫，篱边岭上尽妖娆。

二

上阳霜叶剪红绡，谁使黄花上九霄。
满地金风勤不懒，长空雁字喜偏调。
人逢九日多情语，我说深秋胜杏朝。
异彩纷呈争灿烂，多情去把暗香邀。

注：以刘禹锡“上阳霜叶剪红绡”诗句作入首句

一轮明月

重阳叹

一夜秋风唤菊开，枝枝含韵画中来。
浓妆淡抹无娇态，谁把冰心傲骨栽。

重阳叹菊

一

谁把孤芳对冷秋，菊逢霜剑绽风流。
不同百卉争春色，一任清高笔底留。

二

东篱几树吐香时，满地黄花入梦迟。
谁把冰肌为傲骨，乡愁吹瘦起相思。

三

别样芳华点晚枝，休怨秋尽送香迟。
从丛孤影东篱傲，酒入愁肠泪入诗。

重阳节有感

一

身在红尘步步艰，此生常慕楚云闲。
东篱醉卧花间睡，月色赊来付酒钱。

二

霜掠枝头谢小妆，黄花篱下吐清香。
携来老酒邀风醉，品尽离别暗自伤。

三

秋色一帘云水中，半山枫染半山红。
重阳又是思乡日，霜打黄花月似弓。

四

又是重阳又恨秋，东篱瘦影钓悬钩。
异乡最怕相思起，落叶纷飞碾为愁。

重阳登高有感

人生如梦又如烟，常慕闲云碧水间。
岁岁重阳菊吐媚，可知镜中老朱颜。

江城子·重阳有感

暮秋临近是重阳，谢花妆，晚风凉。秋雨声声，入夜叩西窗。一剪芳菲秋色尽，红袖掩，怎寻香。

梦中昨夜返家乡，少年郎，在何方？景色依依，鬓发满秋霜。只恨昭华明镜老，乡愁瘦，几彷徨。

缘梦

重阳

一

吉云祥霭绕高台，菊蕊飘香伴露来。
相祝电波嘘冷暖，茱萸衣别踏歌回。

二

重阳又见菊花开，无尽愁思伴梦来。
清笛风幽声咽怨，知君已醉望乡台。

三

雁过长天又一年，重阳节近远思牵。
登高举酒遥相问，是否康安万事圆。

四

细雨重阳异地人，为谋生计惯风尘。
又逢佳节登高处，一片苍茫冷此身。

五

白露天清菊散香，佳期万树换新妆。
登高思远无心醉，愁若中秋淡淡霜。

六

九月菊花插满头，重阳雁过恨悠悠。
无人共饮思乡酒，醉卧高台满腹愁。

重阳感怀

重阳把酒上高台，满目葱茏扑面来。
莫道寒霜催绿谢，美秋如卷正铺开。

重阳思

头花簪菊上山巅，暖日溶霜起雾烟。
闹世红尘风送远，江波浩渺水连天。

重阳叹

万千愁绪叹重阳，菊艳中秋夜扑霜。
此去风摧黄叶落，严寒逼近绿凄惶。

重阳即兴

时值重阳菊漫香，碧空万里野苍苍。
无边胜景心旌荡，张满云帆再远航。

咏菊

登高寄远思，举酒赋新词。
叹菊南山下，凌霜志不移。

又到重阳

夕晖顾影恋楼台，暮色苍茫草色哀。
已近重阳人在外，琴弦落寞菊花开。

又醉重阳

重阳邀酒聚山巅，又见黄花慨万千。
未过三巡时落泪，还来就菊祝明年。

重阳忆双亲

西风缕缕送花芳，又到重阳望故乡。
渺渺云山哀隔世，菊开难掩满山霜。

九月九

登高风暖艳阳天，秋菊丛丛扑眼前。
裁出冰心留一朵，重阳把酒共年年。

重阳登高所见舒怀

秋浓九月胜春光，四野绯红淡落霜。
把酒未干心已醉，只缘岁岁聚重阳。

重阳叹

蒙蒙细雨落窗前，夜冷重阳素衣单。
把酒倚门人不见，今邀同醉已无缘。

远眺

重阳把酒眺山川，一片归心万里牵。
共醉无人添怅惘，愁听离雁过长天。

随心

重阳团圆夜

鬌佛悠闲远物华，京腔小调酒诗茶。
儿孙福满喜双节，圆月今朝在我家。

霜儿

九九又重阳，秋风逐渐凉。
霜儿多懂事，早晚做衣裳。

春风

重阳

黄叶深深堆满阶，菊花落落遣幽怀。
清樽独对炉烟冷，一任西风凉鬓钗。

晨曦

又重阳

大雁南飞去远乡，金秋九月又重阳。
漫山红叶因霜染，满院菊花缘冷香。
游子独孤为异客，椿萱寂寞守厅堂。
何妨携老登高眺，莫让银丝伴酒觞。

南子

重阳

一

云淡天高雁影长，山川野岭菊花香，
人生五十知天命，岁月轮回心又伤。

二

露白秋高夜夜凉，云天雁字向南翔，
重阳结伴登台去，一片苍茫满目霜。

山清水秀

重阳登高

登高望远话重阳，足下层林裹彩装，
沟壑烟云叠缭绕，何须感慨叹凄凉。

重阳祭祖

年年岁岁又重阳，祭祀轩辕乐舞扬。
锦袖翩然怀始祖，歌功颂德敬心香。

九月九民间祭祖轩辕黄帝

感皇恩·重阳黄陵祭祖

古柏茂穹苍，心香一柱，美酒花篮祭陵脯，轩辕黄帝，华夏子孙之祖。丰功同日月，恩泽铸。

钟鼓铿锵，乐鸣歌舞。敬献三牲祭文赋。“巨龙”腾跃，举世同根凝注。祈风调雨顺，中华固。

定风波·重阳思

残菊篱藏冷袭身，低云雾雨倍伤神。方寸烦忧杯尽酒，思旧，病缠卧榻梦重温。

昔日登高枫醉咏，憧憬，茱萸遍插绣香裙。凝目长天双雁去，蜜语，重阳又至泪纷纷。

白果苏木曾诗淋

重阳

九九登高晓露凉，沾裙甚喜菊花香。
临涯更爱霜枫色，一片相思染峭墙。

逸散居士

山地秋色

枫叶初黄晓露寒，一行塞雁掠长天。
秋高莫道芳菲尽，九月菊开又满山。

重阳时节想爹娘

茱萸遍插望天堂，思念双亲欲断肠。
又近寒天霜雪日，爹娘切记换棉装。

无题

北往南来古渡忙，长城万里过山庄。
春花秋月匆匆去，菊瘦霜天又重阳。

重阳有感

农舍窗灯照叶红，秋深弯月挂苍穹。
重阳岁岁催人老，一缕菊香入梦中。

高兴

重阳

攀上峰巅心最凉，枫红四野吻秋香。
流云脚下如仙境，顿感飘然似故乡。

文墨诗社·汉风诗词群　重阳专辑

虚水灵风

有别

五十年前梦一场，花开花落几回香。
相逢短短秋杯浅，而今风雨又重阳。

胸中海岳

为新添白发而作

一把霜花插鬓边，招摇过市在人前。
春容落尽知凉味，玉色成丛本自然。
拜访名山情切切，追求佳句意绵绵。
夜来入梦常穿越，仍是当初美少年。

人鱼

重阳怀友

昨日离情今日伤，思君夜半亦彷徨。
而今抱菊蒙山下，独自登高向远方。

重阳登高

携手登高处，绵延一岭情。
吹松山欲动，石谷荡回声。

义门作华

重阳

残叶随风遍地黄，中秋刚过又重阳。
难留圆月晴空夜，几日颜欢几日伤。

笔落惊风

登高

斜径子规迎，白云风逐清。
家山千里远，谁去赏秋声。

皓月冰心

雨锁重阳

偏偏雾雨锁重阳，阻却闲人赏菊黄；
醉墨题花花失色，辞杯入梦梦无香。

灰天自叹心相似，苦海谁怜泪独狂。
过尽云帆空老月，抽刀断水鬓流霜。

诗音敏儿

眼儿媚·重阳感怀

原上枯枝覆微霜，惊觉又重阳。菊身消瘦，雁声唳切，路远茫茫。
飘零人在天涯处，望远念家乡。物存事变，思愁似旧，弯月如常。

云心儿

重阳诀

也有登高怀远意，奈何农事紧缠身。
天涯儿女突来至，得再促膝言彼心。

皓月禅心

重阳

一

昨日逢寒露，今宵就重阳。
凭栏舒望远，鸿雁急南翔。

二

满城风雨近重阳，红退花枯月带霜。
看遍余芳成旧恨，举杯情入九霞觞。

梦传奇

重阳感怀

又遇重阳忆念生，双亲谢世梦中逢。
赡养尽孝情难了，敬老慈德理继承。

好好学习

重阳感怀

岁岁晒秋今又是，心逢此刻念高堂。
几多辛苦养儿大，何以报得情义长？

红红

临江仙·重阳夜遣怀

皓月一轮升碧落，他乡独酌重楼。家山历历醉双眸，旧年多少事，忆起泪难收。

佳节悄然迎九九，高堂牵念心忧。冰轮不解女儿愁，凭风捎问候，遣梦踏归舟。

云中峰

重阳

望远过溪川，登高秋露寒，
菊香今日客，一醉卧枫岩。

重阳山菊

次第荒郊秀，山岩一缝留。
花开云照影，蕊放蝶梳头。
牧野江流阔，芳茵风骨柔。
任凭霜雪斗，依旧笑方州。

寒秋

谢尽芳华雁远征，黄花独自瘦西风；
伤怀不为重阳日，霜落东窗雪盖松。

秋日怀思

黄花犹恋重阳日，雁过青州无迹留。
月内云斑仙女落，窗含霜泪待谁收；
梅花邀雪春迎喜，菊蕊添香秋去愁。
莫说西风差善意，因吹苦叶下枝头。

重阳客

重阳菊秀日，闲遊上高亭。
晚客茶如酒，同说仲月明。

莲澈

一剪梅

孤立小庭阶，菊色登临次第开，瑟瑟秋风愁绪起，今盼书来，明盼书来。
寥落绕心怀，举盏清痕沾满腮。遍插茱萸人却远。人在天涯，心系天涯。

独醉江湖

重阳节掌勺有记

菊开时节又重阳，携女提篮去菜场。
系上围裙亲把勺，只求为母奉鱼汤。

清风

鹧鸪天·重阳

散落东西各自忙，人心难度世炎凉。谁斟菊酒享清露，闲叙家常沐晚阳？
鸿雁远，唱离殇，天涯一别两彷徨。万千思绪老人节，游子登高望故乡。

霞光万丈

重阳抒怀

金秋送爽又重阳，丹桂飘香菊蕊黄。
临近佳节思故母，情难自抑暗添伤。

但愿人长久

重阳遇友

相逢九九重阳日，共此菊花就酒时。
也为梦中频遇见，一朝把手乐如斯。

春风

重阳

天凉露更浓，霜发掩华容。
节日登高望，家山隔万重。

北海

重阳

已是黄花分外香，元知此日到重阳。
登高不见归乡路，极目飞鸿去影长。

无门客

重阳二首

西江月·重阳有题

阵阵西风渐冷，萧萧落叶添寒。轻歌一曲问尘缘，谁把芳心低唤？
暮暮朝朝暮暮，山山水水山山。留于唇齿又千言，权作情长梦短！

重阳题老骥

几缕霞光生俊彩，难得旷野意悠闲。
低头未必真服老。嚼碎夕阳做晚餐！

心悦

重阳

落叶频催物候迁，登高适值崭晴天。
澄空雁点几行字，白水云归万里船。
桑梓新醅应有菊，茱萸未插不知年。
斜阳渐隐客心冷，又负椿萱明月前。

尚卫平

今又重阳

九九重阳今又至，方知已是满头霜。
家兄千里度生计，只借银屏问短长。

子雷

行香子·重阳登高

天阔风凄，舟渺江寒。看苍茫、何处乡关。登高北望，迢递秦川。更数重烟，千重水，万重山。

浮生若梦，风流云散，忆前尘、怕倚栏杆。此身辗转，空误儒冠。问来时雁，旧时路，几时还？

清茗

红杉弄重阳

秋意阑珊寒露降，纤红渲染画重阳。
穿梭青绿妖娆近，堪比春颜与夏装。

子婵

重阳有寄

今岁又重阳，登高望远方。
山遥云海绕，天阔雁南翔。
好梦风吹瘦，征衣雨打凉。
几时归故里，侍奉爹和娘。

月满西楼

满庭芳·重阳节有感

几点星光，一轮皓月，寂寞闲步回廊。万家欢笑，无语黯然伤。不觉中秋已过，重阳近，无限思量。

天涯远，山水茫茫，何日再还乡。彷徨。极目望，银河浩瀚，百转愁肠。夜半更深露重，衣衫薄，更觉寒凉。凝情立，风拂金桂，恍若故园芳。

淡若薄荷

重阳探亲

雨打黄花桑梓行，重阳聚首泪先横。
三间破宇风中立，一对老人门外迎。
室内听妈叨细语，灶边帮父做鲜羹。
回眸椿楦蹒跚步，唯恐床沿苦病生。

鬼公主

重阳感怀

雁字排云上九宵，家山望断路迢迢。
尘中人事重阳问，明月空床一梦凋。

中秋月

重阳思双亲

秋风送爽又重阳，翠柏苍松菊蕊香。
不为登高看美景，尤思父母在天堂。

碧玉知凡

重阳

丹枫白露惹秋狂，醉倒樽前叹鬓霜。
莫怕菊花失水色，红梅瑞雪韵犹长。

清风摇月弦

重阳逢雨感怀

风雨潇潇透室门，窗前梧叶乱纷纷。
一年一度重阳日，不及登高更念君。

花香

言愁

九九重阳进晚秋，闲情汹涌忆琼楼，
谁言儿女情长事，我道天宫冷月勾。

岁月留恋

重阳偶感

一路金风一路香，漫山桂菊庆重阳。
寻思不见南飞雁，同在天涯忆故乡。

文墨诗社　重阳专辑

柳常客

卖花声·重阳

明月倚寒斋，细柳长槐。半窗春迹尽苍苔。一阵松风吹到耳，诉有秋来。
凉酒下阶台，闲径疏栽。晚芳犹为故人开。几许落花终不见，计与春埋。

绝句

无防疏影上阶台，别后桂花初自开。
明月不知人事改，隔窗犹问借香来。

重阳感怀

九九重阳不胜愁，一一带水入清秋。
淮南雁去凭谁寄，小月无声上诗楼。

秋日感怀

满山黄叶不胜吹，蓝紫青红暗香垂。
一字长空谁晓得，云萝万里梦相随。

长相思

秋意愁，落枝头。雁去重阳一字留，菊花插满楼。
风亦柔，水亦柔，欲结罗心爱情柔，鸳鸯并诗州。

秋思

红豆庭前梦时栽，迎霜逗雨落妆台。
相思一捧年年种，纸鹤千只夜未来。

牧云散人

忆江南·重阳

登高望，人字雁南行。霜降驱寒寻灸艾，重阳消怨阅心经，闺阁梦魂惊。

注：灸艾，旧爱。

苏幕遮

塞鸿微，辽鹤杳，云外千山，山色被风老。
未死黄花开过了，幸有斜阳，着意怜幽草。
碧天垂、红叶小，每近重阳，应是登高好。
执酒红尘轻一笑，岁岁秋风，何必伤襟抱。

梁红艳

减字木兰花

一

挂席远渚，帆上行云收宿雨。雪举鸥群，看取澄江月一轮。
断荷枯影，水面烟波愁愈冷。海气沈沈，吹落寒星满舸金。

二

寒烟满地，放任疏狂终未抵。帽底遗霜，帻鬓香沾金凤凰。
日长酒困，怕是登高愁更近。躲向深更，拟把乡音细细听。

三

困酣醉眼，任是秋风吹不展。桂影落弦，商略青猊金卷帘。

夜深前席，啖蟹传杯击鼓急。满篚花黄，却道菊香胜酒香。

四

登高怕见，一字横书南去雁。岂曰同归，君过衡阳我未回。

交亲鬓老，霜发新来搔更少。何处乡关，望断斜阳山外山。

虞美人·重阳夜思

夜来半月飞星短，霜重流云倦。倚栏独酌眼迷离，且把闲愁过酒几衔杯。

清溪绕过花坛去，流向香闺处。菱花斜对小轩窗，笑靥明眸晨起正梳妆。

一甲子

重阳

胜日登高愁不禁，经年惯作未归人。

长途一例家常话，可使秋寒减几分？

木兰花慢·重阳（次韵莺啼啼不尽）

寒江凝滞重，淤湾渚，楫难通。看霞共归凫，衰芦摇曳，絮舞西风。三两故人邀约，登高丘、携酒赴城东。慨叹离多聚少，年来浪迹萍踪。

漫山黄菊竞溶溶。秋叶映霜红。正宇碧天高，流云翦破，不用裁缝。羁旅依然心苦，念佳人，难免总成空。日暮衡阳迢远，天边目断飞鸿。

古城品墨

苏幕遮·次韵一天秋

透凉秋，无奈雨。多少缠绵，非要牵肠语。鬓发还生花白缕，晓镜分忧，何苦随他去。

断魂人，萧索旅。今又重阳，今又孤单处。叶落纷纷难再举，揉碎离愁，偏是多思绪。

王学兵时代

重阳

一

秋风已老桂余香，金菊丛丛小院旁

莫叹清霜飘落叶，寒冬过后是春光

二

秋风渐起叶纷飞，雁影无声伴暮归。

又到重阳温菊酒，亲朋对饮赏余晖。

减字木兰花

人生何憾，未老年华薪火焰。看我多情，依旧晴空阵雁行。

相怜难见，霜露无情花慢怨。懒上楼台，谁让无人送酒来。

白衣渡红尘

减字木兰花

繁花过后，花瘦为何人也瘦。月小星明，浪子知愁真动情。

情怀怕碎，敧枕不眠难梦寐。此日丢魂，辜负良辰辜负春。

初学者

重阳

中秋过后近重阳，念记先人自感伤。

代价如何当不计，宁无遗憾望家乡。

减字木兰花·重阳

重阳念想，生死茫茫徒怅惘。逝者如斯，未悟还应去执痴。

解开郁结，重炼清心昭日月。迈向光明，善度余生俗利轻。

淡蕊虎痕

重阳（次韵 老去悲秋强自宽）

每遇登高思绪宽，茱萸几束漫寻欢。

青头有幸孟嘉帽，白鬓无缘杜甫冠。

野老执壶防我醉，山翁侑酒御风寒。

苍茫岭上能赊月，过尽秋鸿照影看。

热情的理科男

重阳（次韵 老去悲秋强自宽）

九月重阳心地宽，节来共饮尽余欢。
相谈故里儿时伴，佐酒鸡头红顶冠。
暮日晖斜犹觉暖，深秋衣薄不知寒。
人言夕照如花美，醉里风光细细看。

减字木兰·不老豪情

重阳丹桂，别样芬芳催我醉。锦绣关河，云岭茫茫多郁峨。
夕阳佳景，万丈余光冲斗柄。不老豪情，欲寄丹心化大鹏。

无份了相思

减字木兰花·重阳

寒光一地，风把余红都卷起。小院如牢，柿子梧桐谁可逃。
过鸿不记，十万红笺鸾帐底怎盼明朝，山若邪魔月似刀。

卞雪英

减字木兰花

白衣穿旧，蓦地忽惊人影瘦。几朵黄花，一缕斜阳街角斜。
如何是好，仍是伤秋寒未了。可有秋坟，葬我从前一缕魂。

有感

细洒银针绣作秋，
萧萧瑟瑟白人头。

使君一夜吟诗苦，
何处江天有自由。

苏幕遮

一天秋，千陌雨。携冷传寒，镇日凭谁语。不奈黄昏思万缕，怎得消磨，挨得今宵去。

泛潜悲，思逆旅。又是重阳，又是伤心处。一片诗愁今暂举，折菊归来，奈得无心绪。

绝句

西风动处雁南飞，雨后天寒我独归。
不是重阳方好酒，簪花一向趁斜晖。

绝句

葛巾滤酒今何在，落帽吟诗是某年。
唯有西风还似古，吹开菊后作寒烟。

减字木兰花

西风劲扫，夜雨连绵秋易老。不诉心情，又怕闲愁与日增。
许多往事，昨日成灰情半死。一纸音书，问我今年哭也无。

减字木兰花

黄花着雨，独自黄昏无意绪。岁月深埋，那处伤心涨碧苔。
几回缄口，一纸凄然谁写就。一到深秋，不说天凉也是愁。

重阳（次韵 老去悲秋强自宽）

清愁未碾酒肠宽，细梦犹追旧日欢。
昨夜秋风才入圃，今朝黄菊可簪冠。
态生天地孤舟老，笔恣江洋两鬓寒。
苇白枫红新采摘，与君醉里手中看。

卢世明

重阳登高，次韵杜甫《九日蓝田崔氏庄》

每遇登高思绪宽，茱萸一束漫寻欢。
青头自有孟嘉帽，白鬓原无杜甫冠。
野老执壶防我醉，山翁侑酒御风寒。
摩云岭上能赊月，过尽秋鸿照影看。

李兰英

重阳，次韵杜甫《九日蓝田崔氏庄》

梦会兵夫心境宽，登高远眺祖孙欢。
尊婆复戴防风帽，爱子方扔护首冠。
赏景无樽翁已醉，攀峰有拐妪仍寒。
菊香遍野归程忘，寐醒神留且顾看。

王宝明

重阳·次韵杜甫《九日蓝田崔氏庄》

重九天高四野宽，黄花红叶共相欢。
山风此刻撩霜发，秋水当年照铁冠。

少壮从军一世幸，老残学律五更寒。
夕阳堪比朝阳好，再印雪泥留审看。

李明秀

重阳，次韵杜甫《九日蓝田崔氏庄》

每遇重阳心地宽，访朋会友赋诗欢。
帅哥咏颂争佳帽，靓妹吟歌夺凤冠。
曲水流觞人欲醉，凉风薄雾气微寒。
登高望远观秋色，笑眼迷离相对看。

韩双红

重阳，次韵杜甫《九日蓝田崔氏庄》

九九登高视野宽，东篱咏唱享清欢。
君歌杜甫多忧国，我赞陶翁几挂冠。
老者同期朝气盛，菊花共斗暮秋寒。
流云至此迟移步，化作红霞醉里看。

吴秀双

重阳，次韵杜甫《九日蓝田崔氏庄》

九日登高境自宽，抛开俗念尽时欢。
滏阳楼顶云垂野，碧水桥头风落冠。
放眼紫花难见老，惊心白鹭不知寒。
如诗美景浑忘我，欲插茱萸谁共看？

赵文正

重阳遇雨，次韵杜甫《九日蓝田崔氏庄》

九日重阳视野宽，相邀挚友共寻欢。
茱萸一把编纱帽，菊蕊千头织凤冠。
意兴遄飞忧日落，豪情荡漾忘霜寒。
秋呈胜景心沉醉，未尽来年把酒看。

云海萧音

渔归图

九九芦花飞，渔舟戴暮归。
箫音动明月，帝子下翠微。

麟州雪地

重阳

一

篱下一丛菊，门前七十翁。
同来看秋色，霜重失茏葱。

二

问花何日开，抱萼终无语。
三顾尽空枝，杖头霜几许？

花间琴语

逢重阳有感

十月秋寒遍地黄，客途今岁又重阳。
举头莫望窗前月，人在他乡易断肠。

犁冲

重阳感怀

长空不语记千秋，幽林低声颂风流。
如絮白云似帛在，悠悠未书复何求?

感怀

凉风过水痕长现，旭日升山灵早知。
独自登高望空处，偶而贪近枕石思。

春风寂寥

重阳感怀

未去登高怯石凉，菊开小院又重阳。
远天一雁风初动，黄叶千山晚更霜。
老去心怀犹半忆，近来诗赋已全荒。
当时不觉闲情重，此际人知月夜长。

逸路信使

秋思

叶萎知霜冷，枝垂感雨压。
离长身比雁，客久栈成家。
对镜梳纹理，寻白算岁华。
乡思织作茧，梦里走天涯。

无题

秋夜风窗冷，哀鸦远处传。
恨光昏古卷，叹被裹轻棉。
诗里推平仄，书中觅宝钱。
苦茶浓变水，心与月纠缠。

海鸥

想娘

青葱追梦走天涯，千次梦中到我家。
今又重阳身迹远，灯前瘦影是妈妈。

半瓶子水闯

重阳

重阳望远登高健，稀影山疏菊正鲜。
水映晚霞无限好，一壶老酒醉成仙。

漫步者

重阳

登高邀兄弟，赏秋步云霄。
才饮清菊酒，又插茱萸蒿。
重阳人易老，父母年事高。
祈祷双亲健，纳福百业消。

肃文

花落寒窗·九九重阳倍思亲

萧萧夜雨扣寒楼，客寄他乡一泪愁。飘落处，共谁收？
人间若是真情有，何故离多无尽头。浑似梦，梦难留。

秋雨

浣溪沙·重阳思乡吟

九九霜轻菊又黄，举杯却恨泊他乡。无眠何处诉柔肠。
缺月残晖乌唳远，孤灯独影夜风凉。展笺欲赋泪双行。

青玉案·重阳

秋深露淡青霄透，翠微染、红枫厚。黄漫东篱香入牖。游园携侣，影偕依旧，似醉花丛嗅。

登峰临阁迎重九，蹊径清幽古松瘦。高处生凉犹抖擞。夕阳虽暂，流霞如酒，弥望家乡秀。

达奇巴

重阳有感

人生不得志，到晚悔来迟。
重阳何足虑，秋风叶落时。

苍山暮楚

过重阳

菊赏闲林埠，归来友谊村。
登高看碧落，漫步度黄昏。
古镇山河旧，名城日月新。
重阳酩酊客，却是异乡人。

刘云飞

重阳感怀

少年贪恋红尘事，此刻登高亦未迟。
敬老何须重九到，思乡不止月圆时。

王荣贤

季秋佳节随笔

一

雁阵声声入耳苍，蒹葭水畔始飞扬。
悠悠朵盛登高际，慢慢羁人独打量。

最是思亲家路远，徒教月色染心伤。
宵深煮酒温孑影，久愿山翁共一堂。

二

诗情煮酒飞花月，落笔家书夜起阑。
游子长思千里外，浮云独步厂房冠。
香沉醉意知金桂，色重盈眸晓菊丹。
借问窗前珠朗玉，何时父母共桌盘。

白衣渡红尘

重阳

初晨玉露化清霜，彤叶纷飞落四方。
缥缈随风秋菊味，茱萸谁插酒谁尝。

绝句

篱外秋菊已绽黄，纷纷彤叶伴飞霜
今临九九终无寐，入骨相思化月光

山里放牛娃

采桑子

秋深莫怨花无语，锦桂香浓。菊朵霞红，此看江山画卷中。
拾来笔墨闲添句，握盏听风。酒后云从，任我长天万里翀。

古城品墨

西江月·重阳

日暮喧嚣渐歇，秋深细雨添凉。从楼无处觅花黄，惯看人来人往。

别久缘知愁重，节逢更念爹娘。中秋过后又重阳，有子浑如未养。

小否

蝶恋花

瘦影昏灯人又少。落雨知秋，白玉花渐老如此无情谁又道，路旁桂子谁又扫。

柳绿灯红应最好。游子几多，在此伤愁了似我徘徊终醉倒，粉裙花下轻声笑。

桃李不言

绝句

登高望远又重阳，陌野丰盈稻谷黄。

蘸墨情深鸿雁寄，乘风万里共烛光。

上官竹儿小青

重阳

登高望远野菊香，落叶添薪稻又黄。

遍地枫红别样美，孰知此刻已重阳。

迷茫

少年游·登高有感

登高望远见长江，此去向何方？人生花信，一无所有，山上醉云阳。

回首不堪银丝长，秋叶总愁肠。十载重阳，采菊灼酒，几次在家乡？

文癫

望远偶感

白花聚云雨难留，飘飘洒洒一江秋。

登高欲作悲秋赋，始知才气未上楼。

子函

重阳节

西风萧瑟又重阳，一曲离情共叶黄。

欲向斜阳倾往事，误随美酒醉他乡。

清秋节

卿心未解望春愁，一枕清霜梦入秋。

借问重阳能返否，携君把酒到高楼。

伤感一中

重阳

黄叶飘飞旷野清，重阳又至向高行。

霜风妆尽秋颜色，更有秋声耳畔萦。

诗酒狂歌

重阳

长歌漫道远山长，半解轻衫秋意凉。
桂叶随风吹入盏，今朝解道是重阳。

公瑾

天净沙·重阳

烟青风冷寻花，杯空虹落池洼，独醉云间月下。
寒霜高挂，重阳又在天涯。

小重山

秋雨朦胧晓雾沉。风寒江透冷，倍思亲。尤记桂子碗中囤。昔九九，暖意涌天魂。

八载异乡云。今朝逐浪影，望东门。孤心惆怅与谁分？重阳至，把酒醉黄昏。

彤心扉扬

重阳

岁月倏然底事深，而今触景倚重门。
茱萸处处人无迹，落叶纷纷梦已沉。
不忍闺凉添热酒，愿临夜雨冻寒心。
仰天却问少司命，我较黄花瘦几分！

诗酒狂歌

重阳

桂子香飘百里黄，轻歌步履万山长。
黄花看尽直须饮，却怪杯中酒已凉。

梦鹤斋

秋思

一年重阳秋又浓，西风渐起忆纸鸢。
秋燕纷飞南山头，木鹞斜挂红日边。
儿童雀跃盼线长，众人欢呼许愿先。
故乡天高花正黄，异域海深梦难圆。
夕阳西下恨夜早，登高望远归何年？

重阳有感

九月江南仍柳色，年年望断是重阳。
故人谁与登高者，忍把新醅作楚狂。

诗之神皇

重阳将至有感

又起西风近重阳，秋寒阵阵断人肠。
行途困苦心憔悴，梦里飘飖境渺茫。
易逝华年空负志，难全美愿枉思乡。
情缘未觅身无寄，咏尽痴言久欲狂。

尚香明轩

重阳

又适赏秋中，相携为送青。
俗尘多隐士，一路少愚生。
曲散崇峰远，香飘艾子红。
此间逍遥乐，举盏慕长生。

真星尘

重阳节

日赏菊花野径开，茱萸佩饰会蓬莱。
风光佼好登巅处，展望江山复抱怀。

寒香客

重阳感怀

久沐秋思闻落花，初心未染两鬓华。
菊含温情匀霜露，月牵沉思系窗纱。
缘起朝颜承咫尺，岁染夕阳又天涯。
小别东篱不必酒，离雁已归故人家。

娴樱落雪

南歌子·佳节对菊

碧蕊天生色，孤枝独自凉。卷珠帘正对斜阳。寂寞主人心事、带出香。
梦里流年骤，书中暗恨长。挑银针绣个鸳鸯。又是薄窗打雨、案灯黄。

笑菊

一片秋心两处拆，重阳把酒上高台。
缘何此次偏来晚，让尽别枝也不开？

佳节对菊

朱门长锁雨长滴，闲影石阶抱坐膝。
菊花到底能知我，共与秋风一处思。

亓梦寰

重阳

胜日登高愁不禁，经年惯作未归人。
长途一例家常话，可使秋寒减几分？

叶落声

重阳随笔

攀步似无尽，秋愁何以轻？
雁归不忍语，影过也撩情。
叶雨怜心落，风箫随意生。
思穿一时景，幻作故乡行。

青石

近九月九日呈陆君

秋来庭树叶纷纷，每日苦无长句伸。
九月黄花开异县，数年踪迹入烟尘。

登高已负长安约，折菊独思吴越人。
君子明年携酒至，平湖芳草醉青春。

九月寄胡智勇

知君海涯数年久，望断烟波更入愁。
月夜何时成对饮，湖春昔日念同游。
扬帆已是沧浪客，闭户徒看黄菊秋。
游戏音书难共得，相逢只在巴南州。

伊犁诗词学会　重阳专辑

蒋本正

登北固楼

凭栏长啸望神州，万里风光万里流。

千古英雄浪淘尽，今人个个弄潮头。

登黄柏山

前川飞瀑九天来，湖水涤心襟抱开。
狮子峰头一声啸，山边三省听风雷。

注：狮子峰在豫鄂皖三省交界处，有鸡鸣听三省之称。

登伊水亭

斜阳处岸畔楼亭，古丽扬鞭马不停。
稻浪千层遍原野，年丰物阜是伊宁。

霍庆来

重阳三题

一

东篱菊绽满园香，陌野枫红醉夕阳。
喜看云天横雁字，轻吟漫咏信由缰。

二

金枫染火点秋妆，硕果盈枝谷满仓。
把盏登高谁与醉，瑶琴慢抚对斜阳。

三

金飙掠鬓送清凉，寿客花开分外香。
且把醇醪酬字句，豪情一片写重阳。

杜本茂

重阳

秋岚岁月又重阳，万类霜天意未央。
叶落随风无一语，春来再报几清香。

李遵新

喜逢重阳

又到重阳九月天，风吹菊色醉窗前。
登高望远东山秀，破浪飞驰海际澜。
红日喷薄光照耀，老年安逸乐悠闲。
群英聚会传佳讯，秋雨潇潇也唱欢。

孤山散人

重阳有思

弱柳浮霜翠叶残，秋风微冷竹箫寒。
桑田一盏因憔悴，身只孤弦岂忍弹。
旧日菊花经细雨，小池菡萏半枯干。
泪珠多少浸杯酒，最是重阳谁与欢。

虞美人·又是重九时

知秋一叶西风恼，堪叹霜花早。小园杏树透羞红，醉看菊花幽郁竹篱东。
蓑翁不忍孤鸿语，欲结同。问伊可解落花声，芦絮悄然飞去寄亲情。

归田乐·重阳寄思

最怕重阳节。便又念、仲秋明月。共君伤离别。酒杯倾还满，闻雁声咽。只恐孤身落清绝。霜星明又灭。

举火处、唯有茱萸频折。灯前衰鬓，早著须髯雪。菊花可记否、那时凄切。胭蕊芳心更谁撷。

天马

南乡子·重阳

佳节又重阳，云淡天高路漫长。高处来将思念寄，迷茫。只见花开满地黄。

归雁一行行，暗自低吟暗自觞。任凭疾风吹泪眼，忧伤。四海飘零梦里乡。

马红云

采桑子·重阳

洞箫一曲天涯远，初雪茫茫。漫舞飞扬，好似梨花洒落香。

寒天冷却登高意，今又重阳。人在他乡，情寄千山万水长。

一梦遥

翻香令·重阳游

金陵徐步话呢哝，淡烟石径北南通。重阳去，乌衣巷，觅昔踪、旧影塑尊容。

一壶情节古城笼，杰灵之地出才公。百秋誉，繁华史，作今荣，凭景慨声浓。

可人静心

醉花阴·重阳思君

秋染山寒江水瘦，霜叶红颜秀。今日又重阳，箫管迎风，独立黄昏后。

匆匆一别经年久，绻念心头扣。默默盼佳期，玉手牵君，菊院花墙右。

木兰诗社　重阳专辑

徐恺

满江红

北雁南归，重阳日，天澄似水。弥满目、斑斓九彩，千姿百媚。露罩秋林生远霭，晴铺野草浮新翠。正霜枫、红遍万重山，多奇伟！

岩木秀，川石美；泉涧涌，溪流沸。问身临此境，谁能不醉？瀑伴清风敲玉韵，风随响瀑弹冰蕊。笑凡尘、万事莫萦怀，心无累。

谢毅

蝶恋花

霜染群山枫烨烨，似火彤鬃，万马驰林樾。独许襟期霜后叶，人天共醉深秋节。

风雨饱经稠岁月，不变初心，老去诗情烈。撷取秋山霞一抹，艳于春蕾红于血。

王迪生

访病中青兄感吟

秋风落叶渐萧寒，久卧孤床举步艰。
痼患难康亲枉顾，纵临华诞岂欣然。
神仙无计春光永，唯见有情共泣欢。
短暂人生应互重，相携不弃度余年。

吴景荣

诉衷情·重九登铁刹山遇野菊花

天阶云磴碧苔铺，七彩染枫栌。一林爽籁盈耳，真意喜饶足！

霜叶堕，片云孤，境绝俗。赤松崖畔，菊也清疏，人也清疏。

张丽萍

菊花诗五首

问菊

素手纤纤欲向谁？抱枝霜老亦何痴？

为酬短褐南山客，香醉重阳送酒时。

采菊

采菊不劳询五柳，深山处处有黄华。

悠然最是高崖好，趁兴吟风看紫霞。

残菊

霜剪东篱不待秋，抱枝枯老意难酬。

此心期与故人去，应向红尘无所求。

忆菊

怅望霜天离梦痴，一川寒雨落花时。

空篱瘦影随风去，再度相逢可有期？

慕菊

独绽苍崖泣晚秋，群芳歇后自风流。

问天敢与松为伍，抱老枝头也不休。

张丽波

采菊

霜风冷雨重阳后，最爱崖边那抹黄。
曳仗登高折隽骨，拈来诗绪蕴华章。

涂华

蓦山溪

风清气朗，极目心舒旷。雁影正翩翩，向晴空，排云直上。绿黄红紫，遍野绘斑斓，林鸟唱，溪涧响，叶落微波漾。

邀来朋侣，畅叙烦愁忘。逸兴在今朝，共笑谈，人生跌宕。岁深情重，醉里对相知，胸壑广，诗意盎，快悦犹疏放。

文墨诗社·桔桔诗词对联群　重阳专辑

知知

重阳

几番细雨洗微凉，独在他乡看叶黄。
九九重阳谁与聚，窗前一簇菊花香。

荒岛

重阳有感

为谋生计走他乡，寒露欺衫彻夜凉。
听雁时时惊客梦，啼鸪每每着心霜。

风中理绪吹愁乱，月下思亲惹恨长。
一曲离歌歌不尽，只因今日又重阳。

大有·重阳

泊客西望，塞鸿南去，送征衫、风雨依旧。问秋香、东篱菊色浓透。年年此日思乡切，恐登高、只因重九。露浸一夜红残，鬓添几丝清瘦。

频斟月，空对酒。愁寂捣寒砧，断肠时候。夤夜无眠，乱绪叠加还厚。欲借并刀锋快，能终结、天涯奔走。最怜惜、父老妻儿，家中静守。

贺新郎·重九

漠漠轻寒入。又重阳、登高送目，惹来岑寂。晚露凝霜欺孑影，赖有秋风瑟瑟。翻底事、忧思交织。仗酒释怀心愈乱，把乡情、尽在杯中匿。珠泪碎，枕衾湿。

谁人能懂飘蓬客。数星灯、长更难度，不胜寒袭。千里故山遥相对，怎个凝眸望极。空怅惘、添愁容易。漂泊天涯形渐瘦，到如今、老大霜华白。听雁语，更怜北。

行香子·重阳

柳卸宫妆，枫艳秋芳。探金蕊、知近重阳。登高目短，眺远情长。触千丝愁，一丝恨，几丝伤。

心牵故里，人在他乡。数归期、独自彷徨。枕边遗梦，鬓角添霜。听风声紧，蛩声切，雁声凉。

荼蘼花开

重阳

又是一年秋叶黄，登高远眺在重阳。
天涯游子今何处，总把他乡作故乡。

蝶恋花开

今又重阳

飒爽金秋丹桂香，登高望远又重阳。
如今最怕长相忆，怎奈奔波在异乡？

琴声悠扬

重阳

山东兄弟聚重阳，美酒添杯义气扬。
黄花插朵登云阁，心有宏图志四方。

月落

重阳遥祭舅娘

无眠拂晓听秋虫，思到坟前鞠一躬。
往岁重阳情祝寿，而今故地事随风。
狄花带露腮边泪，枫叶凝丹眼里红。
倘若泉台有联网，请将近况诉屏中。

舒度人生

重阳

一

菊花已盛近重阳，极目南天雁字长。
我欲高声借一问，笺书可带去家乡？

二

刻骨相思向雁秋，入肠清酒慰乡愁。
离人别样重阳日，独自沉吟倚小楼。

杨柳岸边

重阳

又到菊黄重阳时，长城内外缤纷日。
登高望远心气爽，江山如画人如织。

醉酒鸬鹚

重阳

九九重阳佳节又，金风送爽白云闲。
黄花篱畔沽娇影，丹桂庭中博笑颜。
小酌新醪诗意品，漫看鸿雁远山攀。
枫红秋作燃情画，拈入笺行醉不还。

关东豪客

偶感故里重阳

今宵不叹旧时窗，一缕幽思一缕伤。
尤喜苇花开两岸，还怜冷月映千塘。
乡坟早有茱萸影，陌土却无钱纸香。
独抱琵琶空弄酒，唯求醉里度重阳。

风扬

他乡九月九

九九重阳日，登高望远方。
千峰难望断，绿蚁慰肝肠。

博瑶

重阳思乡

一

秋临槛菊又重阳，一叶飘零念故乡。
不忍西楼悬偃月，披寒瘦影梦犹长。

二

重阳雏菊对霜开，斜倚疏篱寄语猜。
渺目寒烟桑梓远，天边可有雁归来。

博瑶

重阳登高

伫立危颠一望收，尘心勘破复何求。
怜他往返南归雁，几渡蓬莱未可留。

重阳念母

中秋过后又重阳，篱落金英透浅黄。
久客凌寒吟故月，蓬心执念忆高堂。
堪怜数载邯郸梦，覆得今朝瓦上霜。
碧水东流无尽绝，归鸿倦目满苍茫。

清溪婉月

重阳日

金风缕缕径幽长，适挽爹娘登远岗。
晓日也知心向暖，竟飞七彩浣晨霜。

枫林晚秋

重阳夜话

深秋不见月琳琅，独饮壶空夜未央。
偶有坟头香火起，方知此刻是重阳。

皓月冰心

雨锁重阳

春秋一瞬又重阳，一菊倾姿万木黄；
雾里看花花失色，雨中品酒酒无香。
阑珊几墨心相许，落寞千杯梦不狂；
过尽云帆空老月，抽刀断水鬓流霜。

御天行

重阳行

今又重阳节，天凉好个秋。
风摇红树杪，雁过白云头。
一席家山话，十年烟雨楼。
菊花同酒载，不是少年游。

白衣

题重阳节

醉斟菊酒倚斜阳，遍插茱萸忆故乡。
漂泊经年尘扑面，生涯未改是疏狂。

葬花人

题重阳节

菊缀疏篱浮暗香，浊醪频劝醉重阳。
登高应识茱萸少，望远方知雁字长。
且纵长歌酬故友，欲挥广袖佐疏狂。
从今归隐田园去，结筑南山乐未央。

旧时衣

重阳节有感

渐深秋色露成霜，背影孤单向远方。
佳节将临归意切，羁怀渐悄欲回肠。
山村遥望茱萸遍，世事空嗟风物凉。
菊酒一杯多少叹，人间最美是家乡。

孤帆远影

重阳有感

携酒登高秋色凉，孤峰醉影对残阳。
闲愁吟断谁人诉，惟见连天凄草长。

淡泊

重阳登沂山

九月登高心自宽，白云山色两相欢。
雾遮古刹松间卧，风动银帘壁上悬。
探海石旁吹落帽，歪头崮下笑丢衫。
我因华夏千秋盛，踏遍青山人忘还。

注：探海石、歪头崮，皆为沂山景点。

笔离手

重阳

秋高气朗纳千川，黄菊香迷阡陌延。
闲倚群山无限好，笑看碧水又经年。
云舒云卷皆如梦，花落花开亦是缘。
值此年华将进酒，虔诚敬老自当先。

明月

今又重阳·敬老

蓝天缀火云，金叶落缤纷。
今又重阳日，胜于三月春。
居家陪父母，在外顺贤尊。
但看多年后，谁不是老人。

语儿

重阳感怀

重九登高倍觉凉，眉峰聚处是家乡。
独看黄叶秋三径，共览茱萸水一方。
旧日流光风尚好，新寒赊梦夜犹长。
更怜堂上萱椿影，渐有冰魂染白霜。

三面夏娃

重阳偶遇同乡有感

九九惊寒动客心，飘蓬路远怕乡音。
凭栏莫问家何处，话落之时泪满襟。

颜如玉

重阳忆家亲

不尽秋寒悲过雁，时逢重九倍思亲。
相拥梦里何无语，醒后难收泪湿巾。

雨荷

重阳感怀

玉露金风送菊香，登高远眺在重阳。
一江秋水扁舟渺，万里云天雁字长。
多少萸枝身伴泪，古今羁客梦添霜。
且书一纸寄明月，只把赤心留故乡。

月色荷塘

重阳遣怀

时逢重九添秋意，向晚萧萧木叶残。
斜雨帘惊隔窗落，遥山云锁对江寒。
指尖岁月易偷过，镜里朱颜怕细看。
捡点生平多俗累，拟从诗海觅清欢。

晨向天

重阳节登高

把酒问归期，何年共此时？
江南客居处，暮雨打寒池。

孤帆远影

重阳思亲

客路寒更每自长，东篱把酒一枝黄。
凝眸月下身前影，醉唤新花作谢娘。

醉酒鸬鹚

采桑子·重阳

登高望远风光好，云淡天高，雁字轻描，漫赋重阳逸兴邀。

江山万里襟怀阔，负手逍遥，信步陶陶，红叶黄花分外娇。

琴声悠扬

蝶恋花·重阳

霜染青枫红烂漫。重九登高，独自如孤雁。异地异乡凉风挽。暖阳不照孤人面。

兄弟四方零落散。相约何时，相约何时见。涕泪依稀深梦伴。应逢此季吹箫管。

琴声悠扬

南乡子·重阳

一

数指近重阳。窗外黄花放欲香。人老更思年少事，疯狂。山远登高不怕狼。

轻笑梦悠扬。早避红尘早散场。月下卷帘门半掩，秋凉。几缕西风透薄裳。

二

美酒醉重阳。故地相思最久长。遥记当年青柳渡，迷茫。踏上扁舟泪满裳。

梦里念爹娘。村口声声唤儿郎。叫我乳名还似旧，斜阳。照恁容颜几缕伤。

荼蘼花开

紫萸香慢·重阳

又重阳、登高望远，并来不尽乡情。问天涯孤客，待鸿雁、送秋声。酒洗愁肠求醉，怕醒来还是，昨日漂萍。枕浮云，梦里又忆故山人，最恼是、寂寥有形。

伶仃，意冷心冰。从午日，到三更。任羁怀纵马，飘蓬逐水，花事凋零。自当一风吹散，有多少、雪霜赢。对娟娟、一轮明月，问情牛斗，知否今夜天庭，谁个在听。

博瑶

蝶恋花·思乡

夜听霜风摇落叶，怨语纷纷，尽对孤窗说，更冷天边悬半月，清辉遍洒堪犹雪。

念去乡关思绪结，梦许重阳，客意千山截，遥忆当年成久别，春衣岂道心明灭。

南乡子·重阳登高

纵目邈千山，信手拈云欲闭天。剑指乾坤施诏令，悠闲。万物韶华一念间。

高处莫惊寒，别怨重阳相聚难。志士心居寰宇外，扬鞭。自信人生数百年。

萍之末

醉花阴·重阳

谁道秋光分外老，岭上花开早。径点露华浓，一敞襟风，一敞盈盈笑。

归来欲插茱萸少，腥手无端恼。螯剥玉双双，不管乌苏，不管斜阳照。

注：乌苏，新疆名啤，传说三件夺命。

曼

喝火令·今又重阳

叶落知秋重，更深晓月沉。蓦闻云外雁声喑。噙怨尺书难寄，徒自有归心。

举首千般愿，凝眉几度寻。又逢重九忆乡音。痛是思亲，痛是念如针，痛是母颜霜染，欲诉泪沾襟。

流水

临江仙·重阳有感

曲路芳凭菊秀，连堤火据枫颜。望来当此几回间，登高寻阔远，与梦寄河山。

思酹乾坤借酒，杯盛往忆怀贤。今逢九九壮新篇，看昌图万里，话锦绣千年。

踏莎行·重阳有寄

焰赤枫戎，淳芳岸就，汤陈水丽峰图秀。登高放眼望河山，风光几度邀重九？

思拟茱萸，情斟菊酒，问君此际浑同否？一天一地一歌凭，昌盟岁好人厮久。

依然小语

蝶恋花·重阳有感

露重秋浓霜染树。长夜寒凉，一抹闲愁赋。踏入江湖千里路，思亲却在他乡处。

月上西楼风缕缕。今又重阳，惆怅难相聚。望断天涯人欲语，只留笔墨云笺诉。

巫山一段云·重阳思母

竹翠凝霜露，天寒夜静凉。飞红满地又重阳，新菊溢清香。

漂泊他乡远，闲愁心里藏。罗衾梦里念亲娘。何日伴身旁。

一点墨

喝火令·重阳忆母

九九登高日，双双拭泪人。夕阳归雁两沉沦。身畔几多残叶，撩绪自纷耘。

又念家山事，常思梦底魂。问谁锄草祭孤坟？可奈羁途，可奈旅艰辛，可奈满怀心事，忆母更如焚。

喝火令·家书

望及家山远，登高客梦长。乱云飞处雁成行。游子几多牵挂，慈父可安康。

昨日捎书信，秋心系故乡。菊花须插满庭芳。不愿羁留，不愿客忧伤，不愿半生漂泊，泪雨落心房。

春暖花开

水调歌头·重阳感怀

云淡晴千里，雁字舞长空。疏篱时菊，素蕊馨雅傲西风。又至重阳佳日，且醉金秋美景，漫步入芳丛。兴起登高处，望远意无穷。

情盈满，诗一阙，酒三盅。初心不忘，执笔倾墨写从容。何惧霜侵两鬓，岂叹华年渐逝，无畏自轻松。懒问俗尘事，笑看夕阳红。

满庭芳·岁又重阳（晏几道体）

西岭枫红，东篱菊艳，故园桂子飘香。芙蓉三径，秋色韵清扬。客里流光懒计，也惊觉、岁又重阳。凭栏处，怀思寄远，念绪已归乡。

登高无限意，茱萸插遍，犹感沧凉。盼逢时，尊前美酒斟觞。挚友亲朋同聚，倾心语、以诉衷肠。身虽老，情怀依旧，醉赋满庭芳。

葬花人

金缕曲

路远天涯近。值重阳，菊花开遍，暗香成阵。满目萧条西风紧，草色葱茏惊褪。莫叹惜，浮沉历尽。际遇高朋须痛饮，有知音三五应无恨。醉且卧，似陶隐。

霜华渐染消青鬓。感飘零，他乡故里，思潮翻滚。更漏声催眠不稳，性本疏狂休问。翘首望，羁怀谁悯。频劝芳醪添酒困，赏金英倦客愁肠寸。何处觅，雁传信。

旧时衣

金缕曲

邀鹤同斟酒。暗香浮，疏篱点缀，小风萦袖。怒放金英怜蕊瘦，交错觥筹问候。莫叹息，霜华渐厚。心字罗衣凉已透，看今朝、共醉情如旧。何必向，天涯走。

浮华看淡田园守。插茱萸，登临遥望，雁啼声骤。放下纷争休回首，性本疏狂知否。远俗虑，心无尘垢。不惧路长风雨骤，聚高朋次第听更漏。杯底月，醉重九。

荼蘼花开

扫地游·九日寄怀

适逢九日，眺远此登临，不禁情愫。碧空尽处。正秋云压脊，接天烟树。望极家山，恰是征鸿别浦。更添堵。奈相思载舟，天涯羁旅。

心事向谁诉。怅逝水难收，流光暗度。柔肠寸缕。欲樽前问醉，寂寥些许。任那西风，吹起乡愁无数。捣砧杵。倍神伤、泪奔如雨。

江城子·重阳思亲

秋深月近又重阳，柳鬟伤，菊花黄。细雨斜风、掠走几多香。每忆双亲添梦魇，心切切，意茫茫。

茱萸插遍泪千行，湿衣裳，断柔肠。木叶纷飞、片片是离殇。独守坟茔空有恨，人去也，雁声长。

卷下　历代重阳诗词选

寿敬篇

敬老贺寿是重阳节最重要的风俗之一。古人认为“九”是阳数中最大的，九月九日，两九相重，是一个值得庆贺的吉利日子。重阳的敬老习俗，在先秦时期就已具雏形，到隋唐时期基本发展完善，1989年，我国政府将重阳节正式定为“老人节”、“敬老节”，使重阳敬老的习俗又得到了升华。

在九月九日这一天祈求长寿，也是重阳节由来已久的习俗。南朝《荆楚岁时记》中就记载了“九月九日，佩茱萸，食莲耳，饮菊花酒，令长寿。”“祈寿”与登高和饮菊花酒密不可分。

历代重阳诗词中，敬老贺寿题材的作品非常丰富，这里只能择沧海之一粟，供诗友们清赏。

九日侍宴乐游苑应令诗

南北朝·庾肩吾

辙迹光周颂，巡游盛夏功。
铭陈万骑转，阊阖九关通。
秋晖逐行漏，朔气绕相风。
献寿重阳节，回銮上苑中。
疏山开辇道，间树出离宫。
玉醴吹岩菊，银床落井桐。
御梨寒更紫，仙桃秋转红。
饮羽山西射，浮云冀北骢。

尘飞金埒满，叶破柳条空。
腾猿疑矫箭，惊雁避虚弓。
彫材滥杞梓，花绶接鹓鸿。
愧乏天庭藻，徒参文雅雄。

卢明府九日岘山宴袁使君张郎中崔员外

唐·孟浩然

宇宙谁开辟，江山此郁盘。
登临今古用，风俗岁时观。
地理荆州分，天涯楚塞宽。
百城今刺史，华省旧郎官。
共美重阳节，俱怀落帽欢。
酒邀彭泽载，琴辍武城弹。
献寿先浮菊，寻幽或藉兰。
烟虹铺藻翰，松竹挂衣冠。
叔子神如在，山公兴未阑。
传闻骑马醉，还向习池看。

九月九日上幸慈恩寺登浮图群臣上菊花寿酒

唐·上官婉儿

帝里重阳节，香园万乘来。
却邪萸入[①]佩，献寿菊传杯。

塔类承天涌，门疑待佛开。

睿词悬日月，长得仰昭回。

按：① 一作结。

奉和圣制重阳节宰臣及群官上寿应制

唐·王维

四海方无事，三秋大有年。

百生无此日，万寿愿齐天。

芍药和金鼎，茱萸插玳筵。

玉堂开右个，天乐动宫悬。

御柳疏秋景，城鸦拂曙烟。

无穷菊花节，长奉柏梁篇。

宫词百首　其五十一

唐·和凝

白玉阶前菊蕊香，金杯仙酝赏重阳。

层台云集梨园乐，献寿声声祝万康。

贺皇太子九月四日生辰　其九

宋·杨万里

少阳拜赐太阳旁，黄菊红萸满寿觞。

阳德重重在初四，不须九日是重阳。

寿客

宋·关士容

莫惜朝衣换酒钱，渊明邂逅此花仙。
重阳满满杯中泛，一缕黄金是一年。

重九日行营寿藏之地

宋·范成大

家山随处可行楸，荷锸携壶似醉刘。
纵有千年铁门限，终须一个土馒头。
三轮世界犹灰劫，四大形骸强首丘。
蝼蚁乌鸢何厚薄，临风拊掌菊花秋。

注解：

（1）“行楸”即土里埋，楸是楸树，可以做棺材。“醉刘”是指竹林七贤的刘伶。他常乘鹿车，携一壶酒，使人荷锸而随之，谓曰：“死便埋我。”

（2）“纵有千年铁门限，终须一个土馒头。”铁门限，原谓打铁作门限，以求坚固，后即用“铁门限”比喻人们为自己作长久打算，“纵有千年铁门限”即是此意，比喻生活经历对人的影响和局限。土馒头：指坟墓。唐王梵志《城外土馒头》诗：“城外土馒头，馅草在城里”。

（3）“三轮世界犹灰劫，四大形骸强首丘。”这是佛教的说法。“三轮世界”即建立在三轮之上的世界。佛经说在我们这世界的最下层有一风轮，风轮之上有水轮，水轮之上有金轮，金轮之上安置着九山八海而成为一世界，故此世界称为三轮世界。

（4）“四大形骸”，人的身体乃是物质，不过人是有思想的，所以人

就是物质现象和精神现象的综合体。可除开思想单从身体的组织来说：皮肉筋骨属于地大；精血口沫属于水大；体温暖气属于火大；呼吸运动属于风大。佛教认为，四大和合而身生，分散而身灭，成坏无常，虚幻不实。正是基于人的身体是四大的组成物，四大最终分离而消散，所以人就根本没有一个真实的本体存在。试看，死时此身溃烂无存，骨肉归地，湿性归水，暖气归火，呼吸归风，此时身在哪里！因此佛教的经典《圆觉经》云："我今此身，四大和合……四大各离，今者妄身当在何处？"

（5）"灰劫"是馀灰，"首丘"是归葬故乡。

（6）"蝼蚁乌鸢何厚薄，临风拊掌菊花秋。""乌鸢"是泛指鸟，即乌鸦、老鹰之类；"拊掌"即拍手。

鹧鸪天（寿菊才开三四葩）

宋·臧馀庆

寿菊才开三四葩。秋光着意主人家。清香未许人间识，先占重阳醉紫霞。

儿绿绶，母金花。斑衣庭下乐无涯。要知他日中书考，细数沙堤堤上沙。

水调歌头（箫鼓阗街巷）

宋·无名氏

箫鼓阗街巷，锦绣裹山川。夜来南极，闪闪光射泰阶躔。陡觉佳祥翕集，听得闾阎笑道，蓬岛降真仙。香满琴堂里，人在洞壶天。

斟凿落，歌窈窕，舞蹁跹。重阳虽近，莫把萸菊玷华筵。菲礼岂能祝寿，自有仙桃满院，一实数千年。早晚朝元会，苍鬓映貂蝉。

瑞鹤仙·寿王侍郎九月廿七

宋·无名氏

过重阳三九。正日行析木，方移旦柳。天公爱黔首。念整顿乾坤，须还大手。蚌珠才剖。玉麒麟、世间希有。想当年，玉燕投怀，瑞气应冲牛斗。

非偶。节逢庆会，华渚虹流，北枢电绕。明良须偶。盈月第、分前后。念元鸟生商，嵩神孕甫，两听管弦新奏。愿年年，主圣臣贤，与天长久。

宫词 其八十七

宋·宋白

重阳菊蕊泛香醪，上寿因添饮兴高。
玉项琵琶犹未快，别宣金凤紫檀槽。

七娘子·重阳

宋·史浩

东篱寿菊金犹浅。对南山、把酒开新宴。绛阙丛霄，玉书丹篆。坐间俱是神仙伴。

童颜绿发何曾变。喜婴儿姹女交相恋。寄语诗翁，茱萸重看。明年此会人人健。

寄　内

宋·苏洞

瓮头留得菊花春，过了重阳即诞辰。

想见闺中为寿酒，只同儿女说归人。

摸鱼儿·寿叶制相

宋·陈允平

过重阳、晚香犹耐，江城风露初峭。梅花已索巡檐笑，春入数枝红小。寒恁早。正帘卷苍云，和气生芝草。金虬篆袅。喜人乐丰年，波澄瀚海，星斗焕牙纛。

家山近，游宴十洲三岛。石桥诗思频绕。朱颜白发神仙样，谁信玉关人老。春渐好。望阊阖天低，咫尺瞻黄道。祥云缥缈。看柳色沙堤，莺声禁辇，鸣佩凤池晓。

鹧鸪天·寿徐主簿

宋·郭应祥

前数重阳后小春。中间十日是生辰。二年稳作栖鸾客，百里谁非贺燕人。

无一事，扰天真。年登八八愈精神。句稽宜解淹贤辙，黄发犹须上要津。

千秋岁·寿圆北山六十

宋·彭子翔

重阳来未。谁领黄花意。斟玉醑，歌金缕。云山笼瑞彩，风月溶清气。北山顶，寿星一点光无际。

六十今朝是。甲子从头起。堂堂去，千千岁。是非华表鹤，深浅蓬莱水。翁不管，年年先共黄花醉。

贺新郎·寿壑相母夫人

宋·张矩

萸菊香凝雾。记重阳、才经三日，帨悬朱户。紫殿玉垣称寿斝，潋滟琼花清露。正万里、尘清淮浦。地宝从来标瑞应，甚新曾、秀出金芝树。正此处，诞申甫。

人间小住千秋岁。画堂深、彩侍怡声，慈颜笑语。况是加恩封大国，锦诰鸾翔凤舞。便娱侍、鱼轩沙路。御果金泥宣晓宴，卷宫帘、争看元台母。家庆事，耀今古。

寿傅守 其十

宋·释若芬

秋入东篱破晓霜，黄花不肯媚重阳。

花神爱惜缘何事，要向今朝荐寿觞[①]。

金缕曲·寿李公谨同知

宋末元初·刘辰翁

我误留公住。看人间、犹是重阳，满城风雨。父老棠阴携孺子，记得元宵歌舞。但稽首、乌乌无语。我有桓筝千年恨，为谢公、目送还云抚。公不乐，尚何苦。

吾侬心事凭谁诉。有谁知、闭户穷愁，欲从之去。闻道明朝生申也，满酌一杯螺浦。又知复、明年何处。天若有情西江者，便使君、骢马来当路。香瓣起，胜金缕。

蝶恋花·寿山人湛然李生

金末元初·段克己

岩菊开时霜信杳。风雨无情，又是重阳了。茆舍疏篱人不到。床头醅瓮生微笑。

莫怪住山真小草。颦损蛾眉，愁独无人埽。花底一杯须健倒。醉中听唤卿卿小。

临江仙·为宋太守寿

元·王旭

莫怪今年秋事晚，黄花不在重阳。天公留泛九霞觞。故教争十日，风露寿华堂。

豪杰如公谁得似，平生义胆刚肠。功名回首付诸郎。灵椿长不老，桑梓有余光。

重九呈兄勉翁三首 其三

明·管讷

白首难会面，今日况重阳。
第恨长称寿，年年在异乡。

寿刘碧窗

明·顾清

半欹乌帽引清觞，无奈斑衣绕膝长。
百岁好怀当此日，一年佳节尚重阳。
黄花近竹深承露，绿橘辞林浅带霜。
既醉有诗还自庆，只应身健咏时康。

重阳寿淮上[①]叶封君[②]

明·张弼

我闻东坡老仙道，重阳前后十日好。
黄花庭院竞芳菲，锦树江山相缭绕。
不寒不暖夹罗[③]轻，半雨半晴泥淖少。
淮上封君尘世仙，鹤发乌纱照穹昊[④]。
生辰正在重阳前，壶榼[⑤]如云庆难老[⑥]。
清风动屋诗激秋，紫蜺[⑦]横空酒蒸晓。
东海仙翁[⑧]寄好音，珊瑚摇树金光草[⑨]。
酒徒词客走且僵，舞影歌声惊一埽。

天台[10]天姥[11]群仙居，群仙和之俱绝倒[12]。
祝君之寿如彭[13]，乎八百犹为少。
定须屡世拜皇恩，便把淮山作蓬岛[14]。
醉到乾坤混沌[15]时，日月两轮常皎皎。

注释：

① 淮上：淮上指今皖西北、豫东南淮河中上游地区。

② 封君：封君（汉）受封邑者之通称，如公主列侯等。《汉书·食货志》下："封君皆倡首仰给焉。"师古注曰："封君，受封邑者，谓公主及列侯之属也。"汉武帝推恩令颁布前，封君一般可以在自己的封地上设置官吏，直接统治自己封地上的人民。自推恩令下，诸侯王国分裂为很多小侯国，加上汉朝为这些诸侯王国和侯国选择官吏，封君只剩下收取赋税的权利了。魏晋起，封爵多为虚封，即仅授予爵位而没有实际的封地，所封给的食邑徒有虚名。唐朝，加实封者可以从封地征收一定的收入供自己享用。唐玄宗时代，取消了封君直接从封地征收收入的权利，改为按爵位高下、食邑和实封数目多寡在政府领取相应的收入。宋、金沿用唐制。元朝用蒙古旧制，封君有真实的封地。明、清则按照爵位等级发给俸银和禄米、与官员无异。

③ 夹罗：指夹衣，罗为绸制衣物。

④ 穹昊：指穹苍。最早见于南朝·宋谢灵运《宋武帝诔》："如何一旦，缅邈穹昊。"《周书·宣帝纪》："穹昊在上，聪明自下。"

⑤ 壶榼：泛指盛酒或茶水的容器。亦借指铺陈酒具饮酒。最早见于《淮南子·泛论训》："霤水足以溢壶榼，而江河不能实漏卮。"

⑥ 难老：犹长寿。多用作祝寿之辞。最早见于《诗·鲁颂·泮水》："既饮旨酒，永锡难老。"

⑦ 紫蜺："蜺"通"霓"，指彩霞。

⑧ 东海仙翁：代指福星，寿星。

⑨ 金光草：古代传说中的一种仙草，谓食之可以长寿。典出《佩文韵府·韵府拾遗》卷四九引唐戴孚《广异记》：“谢元卿至东岳夫人所居，有异草，叶如芭蕉，花光可以鉴。曰：此金光草也。食之化形灵，元寿与天齐。”

⑩ 天台：山名。天台山，位于中国浙江省天台县城北。

⑪ 天姥：山名。天姥山，在浙江省嵊县与新昌县之间。

⑫ 绝倒：意为佩服之极。语出唐戎昱《听杜山人弹胡笳》诗：“杜陵先生证此道，沈家祝家皆绝倒。”

⑬ 彭：即彭祖，先秦道家先驱之一。姓篯名铿，一作彭铿，陆终第三子。大彭国第一代始祖彭祖篯铿本为尧舜时人，由于经常和神农时神巫巫咸、黄帝时神医巫彭、夏彭伯寿、商彭伯考、商贤大夫彭咸、周柱下史老子混为一谈，遂有“长年八百，绵寿永世”、“非寿终也、非死明矣”等传说。

⑭ 蓬岛：即蓬莱山。语出唐李白《古风》之四八：“但求蓬岛药，岂思农扈春？”

⑮ 混沌：古代传说中指世界开辟前元气未分、模糊一团的状态。

题菊寿上虞陈处士 其一

明·谢迁

古稀华诞届重阳，采采东篱菊正芳。

想见聚星堂上客，寿觞齐举溢秋香。

赏菊二首 其二

清·金应澍

题注：上年九月，儿子自扬州买菊二十馀种寄归植之后圃，护以竹篱。今年九月开复烂漫，而儿又于今夏赴羊城，因携酒挈孙以赏之。

帘捲西风日未曛，桐孙扶杖更欣欣。
非徒晚节精神艳，也要平时灌溉勤。
恰值重阳供采撷，居然五色斗缤纷。
年年幸遂乡园乐，介寿东篱几度醺。

卜算子·忆菊续咏

清末民国初·夏孙桐

前岁有作，专咏京师旧事。今广之，复成八阕　其一

花为寿筵开，愿作重阳景。父老跻堂异事夸，谓兆延年庆。
觞咏桂堂连，彩舞兰阶映。回忆寒家极盛时，愧说孙枝竞。

玉楼春·恭祝钱仲联先生八秩双寿

近现代末当代初·张珍怀

秋高节近重阳候。新月如弓吟白叟。盈门桃李颂南山，举世词林瞻北斗。
休云八十称耄耇。寿比彭铿年正茂。等身著作九州传，戏彩双卮斟醴酒。

水调歌头（生日违秋禊）

近现代·苏渊雷

生日违秋禊，一再展重阳。循例年年自寿，觅句等传觞。何物婆娑老子，未觉春秋非我，目送雁成行。西笑长安乐，日出夜方央。

关山月，云水梦，惹思量。天涯儿女遥隔，千里耿难忘。雨冒菊花初绽，霜染枫林半醉，装点此风光。更喜桐孙秀，啧啧漫夸张。

团聚篇

重阳，历来也是个亲朋团聚的日子，在庄稼瓜果丰收、黄花绽放的晴朗秋天，家人朋友团聚在一起，赏花、饮酒，用重阳特有的方式祈安求福……现代人更会在重阳这一天，带上礼物，回家探望老人，为老爸老妈做上一顿好饭，陪着老人喝一点酒，叙叙家常、叮嘱珍重……所以，历代表现团聚愿景和思念亲朋的重阳诗词作品也特别多。

九日五首 其一

唐·杜甫

题注：吴若本注“阙一首。”赵次公以“风急天高”一首足之，云未尝阙。

重阳独酌①杯中酒，抱病起②登江上台。
竹叶于人既无分，菊花从此不须开。
殊方日落玄猿哭，旧国霜前白雁来。
弟妹萧条各何往，干戈衰谢两相催。

注：① 一作少饮；② 一作独，一作岂。

【历代评注】

［宋］杨万里《诚斋诗话》：渊明、子美、无己三人作《九日》诗，大概相似。子美云：“竹叶于人既无分，菊花从此不须开。”渊明所谓“尘爵耻虚罍，寒花徒自容”也。无己云：“人事自生今日意，寒花只作去年香。”

此渊明所谓“日月依辰至，举俗爱其名”也。

（宋）魏庆之《诗人玉屑》：杜子美云：“竹叶于人既无分，菊花从此不须开。”直以“菊花”对“竹叶”，便萧散不为绳墨所窘。

（元）方回《瀛奎律髓》：此“竹叶”，酒也，以对“菊花”，是为真对假，亦变体。“于人既无分”、“从此不须开”，于虚字上十分着力。

（明）王嗣爽《杜臆》：“竹叶”一联反言，以见佳节不可不饮也。“雁来”恒事，加一“旧国”便异，以起下旬，雁来而旧国之弟妹不来也。

（清）何焯《义门读书记》：“抱病起登江上台”，伏“衰谢”。“殊方日落玄猿哭”，伏“干戈”。

（清）黄生《杜诗说》：岑参诗云“见雁思乡信，闻猿积泪痕”，与五、六意同。而十四之融会蕴藉，更过彼十字也。

（清）爱新觉罗·弘历《唐宋诗醇》：悲塞矣，而声情高亮，后人九日诗无及之者。

（清）沈德潜《唐诗别裁》：即注明“独酌”，言弗与弟妹饮也。“竹叶”、“菊花”，真假对。

（清）杨伦《杜诗镜铨》：五、六写景，言外无限凄凉。 使性得妙（“菊花从此”句下）。

（清）卢辨、王溥《闻鹤轩初盛唐近体读本》：第五“玄猿”着一“哭”字，已属奇险，其佳处尤在着“日落”二字于中，倍觉凄楚，结则声泪俱迸矣。

（清）施鸿保《读杜诗说》九日五首：注：吴若木云缺一首，赵次公以登高一首补之，固未尝缺也。顾宸说，五首皆一时作。今按登高一首，旧编成都诗内，朱说因有猿啸句，改入夔州，其是夔州作否不可知，即以补五旨之缺，亦可。若谓皆一时作，则未必然。登高诗末句“潦倒新亭浊酒杯”，朱说：时公以肺病断酒，是也。季秋缨江楼夜宴诗：“老人因酒病，坚坐看君倾”，季秋，正九日前后也。又舍弟观取妻子到江陵云：“比年

病酒开涓滴，弟劝兄酬何怨嗟。”注亦大历二年冬夔州作，云开涓滴，则兜此未开可知，是公此时辑断酒也。此四首，有云：“重阳独酌杯中酒”，又云“从儿具绿樽”与登高末句不合，知非一时作矣。

（清）仇兆鳌《杜诗详注》：黄鹤注：此当是大历二年夔州作。首章，思弟妹也。上四，叙事伤情。下四，对景有感。本是登台酌酒，起用倒叙法耳。曰独酌，意中便想及弟妹矣。曰人无分，恨弗同饮也。曰不须开，恨弗同看也。顾宸注：殊方猿哭，益增独处之悲。故国雁来，适动雁行之念。两句紧注末联。干戈既侵，衰谢又迫，恐两相催逼，终无聚首时也，结意十分惨切。浦起龙注：五诗皆辍饮独登之作，因独酌无兴，故抱病登台，相见掷杯而起，如此方与三四不相背。

（清）浦起龙《读杜心解》：即此上四，从没分晓，既云“酌酒”，又云“无分”，解者备极支离。合该后数首，五律则曰“愧菊花”、“两冥漠”，五排则曰“从儿具”。《登高》则曰“停酒杯”。乃知皆辍饮独登之作也。故首句先提出“独酌”二字，以见年年高会，今日凄凉，闷对一樽，全无饮兴。随以“抱病起登”撇却之，悟此，则三、四豁然也。掷杯而起，光景可想，宾朋既虚，乃想到弟妹。“玄猿”闻自“殊方”，“白雁”来自“故国”。顾云紧注末联是也。而其情皆触于独登翘首之中，仍是一串。

[现代]李庆甲《瀛奎律髓汇评》：纪昀：真对假乃常格，不得谓之变体。前四句笔笔峭健，后四句以哀曼收之，声情俱佳。　查慎行：牧之七律，得法于此三、四句。　无名氏（乙）：八句对，清空一气如话。　次联十四字句，磊落伉健，挥洒极笔，又接以颈联之陡振，千古一人而已。　如此大手笔，何屑屑以变体论！

九月九日忆山东兄弟

唐・王维

独在异乡为异客，每逢佳节倍思亲。
遥知兄弟登高处，遍插茱萸少一人。

浣溪沙・简王景源元渤伯仲

宋・向子谭

南国风烟深更深。清江相接是庐陵。甘棠两地绿成阴。
九日黄花兄弟会，中秋明月故人心。悲欢离合古犹今。

重九前一日到家

宋・程公许

霜日晶荧水尚肥，顺风一舸送将归。
黄花笑我犹牵俗，得似渊明勇拂衣。

九日不登高与兄弟邻里就敝舍饮菊

宋・王十朋

中秋对明月[①]，九日逢黄花。
节物岂不好，而况身在家。

樽酒醵邻里，盘餐饤鱼虾。
何必登高山，清欢自无涯。

① 自注：中秋亦就家赏月。

送刘子范倅宜春

宋·方岳

一念到吾亲，人间万事轻。
邻州才半刺，行李只诸生。
问路重阳雨，迎家两日程。
笑谈灯火夜，边雁自秋声。

孟坚将北归枕上成送行

宋·李光

还家准拟作重阳，行止升沈岂在忙。
童稚迎门归亦好，云山作伴住何妨。
经行汝政穷幽赏，宴坐吾今喜夜长。
解柁径须寻旧隐，诛茅先葺竹间堂。

青州试院次监门韵四首呈同事李无咎补之签判王柏立之刘及至父二宰郑与权存道司户李致志道县丞 其三

宋·葛胜仲

樽酒重阳泛菊英，此时应得到家庭。

奔趋试席虽深贯，囚锁文闱苦未经。
梦入故园时栩栩，愁侵衰鬓欲星星。
评文赖有金闺彦，敏手从来号震霆。

离维扬

宋·宋伯仁

不为鲈鱼忆故乡，只缘心事近重阳。
鬓丝添得三分白，空被黄花笑一场。

旅中重阳有怀乡国

宋·杨亿

嘉节临重九，羁游托异乡。
萸房谁系臂，菊蕊懒浮觞。
野渡宾鸿急，村田晚稻黄。
悲秋更怀土，只恐鬓成霜。

九月蓬莱亭周彦达节推酌发

宋·郭祥正

万里行人辞故乡，登高回首更重阳。
黄花折尽碧云晓，未听离歌未断肠。

秋怀十首 其二

宋・韩元吉

酒熟橙黄盛物华，重阳无客不思家。
鹅儿剪雪开岩桂，鹤羽攒金散菊花。

临江仙（去岁家山重九日）

元・吴澄

九日，舟泊安庆城下，晚歇临江水驿，于时月明风清，水共天碧，情景佳甚，与徐道川方复斋况肩吾方清之驿亭草酌。子文、京侍，以殊乡又逢秋晚分韵，得殊字，赋临江仙。

去岁家山重九日，西风短帽萧疏。如今景物几曾殊。舒州城下月，未觉此身孤。

胜友二三成草草，只怜有酒无茱。江涵万象碧霄虚。客星何处是，光彩近辰居。

校文来自广右重九日过家

明・邓林

年来旅食逢重九，迢递乡心对菊花。
应谓此身长作客，谁知今日适还家。
亲朋酒畔欢情洽，童稚灯前笑语哗。
只愧尘埃双鬓老，临风牢自裹乌纱。

舟中遇重九示同行友曾光启

明・丘浚

秋水芦花似故乡，客中无那又重阳。
篱边摘菊人应异，蓬底看山兴更长。
把酒不如前会健，登高无复少年狂。
同行赖有曾光启，共买村醪醉一场。

九日游云南太华寺

明・史谨

滇阳十载过重阳，忘却登高在异乡。
红叶山川多胜槩，金仙楼阁自凄凉。
逢僧尽是能诗客，邀我同登选佛场。
回首故园天万里，剑峰处处割愁肠。

弘治五年九月八日，司空戴先生召诸公为白去寺之游，归途闻张靖州有九日遣怀之作，遂次其韵 十四首 其九

明・江源

万里长为客，重阳始到家。
偶然清兴发，不惮白云赊。
纵酒衰颜赤，看山老眼花。
狂来聊短述，诸老莫余夸。

登高篇

重阳历来就有登高的习俗，这一习俗的由来与古人认为登高能辟邪除秽有关，南北朝就有诗人开始描绘重阳登高的情形。到了隋唐，重阳登高已发展成为一种普遍被认同的习俗。唐时孙思邈《千金方·月令》记：“重阳日，必以着酒登高远眺，为时宴之游赏，以畅秋志。酒必采茱萸、菊以泛之，即醉而归。”这一时期，描写重阳登高的诗词作品也特别多。明清以后，民间又有了重阳登高可以转运的说法，一直延续到今天。

于长安归还扬州九月九日行薇山亭赋韵诗

南北朝·江总

心逐南云逝，形随北雁来。

故乡篱下菊，今日几花开①。

按：①诗纪云：一作长安九日诗，曰：心逐南云去，身随北雁来。故园篱下菊。今日为谁开。

九日登高

唐·王昌龄

青山远近带皇州，霁景重阳上北楼。

雨歇亭皋仙菊润，霜飞天苑御梨秋。

茱萸插鬓花宜寿，翡翠横钗舞作愁。

漫说陶潜篱下醉，何曾得见此风流。

登高

唐·杜甫

风急天高猿啸哀，渚清沙白鸟飞回。
无边落木萧萧下，不尽长江滚滚来。
万里悲秋常作客，百年多病独登台。
艰难苦恨繁霜鬓，潦倒新停浊酒杯。

九日齐安[①]登高

唐·杜牧

江涵秋影雁初飞，与客携壶上翠微。
尘世难逢开口笑，菊花须插满头归。
但将酩酊酬佳节，不用登临叹[②]落晖。
古往今来只如此，牛山何必泪[③]沾衣。

按：① 一作齐山；② 一作恨；③ 一作独。

九日北郡登高见寄

宋·晏殊

前日登高泛玉卮，击铜赓唱有新辞。
如何偶作销魂别，又复重吟把菊诗。
上苑盍簪延景刻，北都投辖盛官仪。
烦君见想欢言者，可奈衡门绝贡綦[①]。

按：① 自注：近日谏臣请二府罢接宾客以专论。执政奏许休务日见客，常日则门无车马矣。

武陵春（九日黄花如有意）

宋 · 晏几道

九日黄花如有意，依旧满珍丛。谁似龙山秋兴浓，吹帽落西风。

年年岁岁登高节，欢事旋成空。几处佳人此会同，今在泪痕中。

醉蓬莱（笑劳生一梦）

宋 · 苏轼

余谪居黄州。三见重九。每岁与太守徐君猷会于栖霞楼。今年公将去。乞郡湖南。念此惘然。故作是词。

笑劳生一梦，羁旅三年，又还重九。华发萧萧，对荒园搔首。赖有多情，好饮无事，似古人贤守。岁岁登高，年年落帽，物华依旧。

此会应须烂醉，仍把紫菊茱萸，细看重嗅。摇落霜风，有手栽双柳。来岁今朝，为我西顾，酹羽觞江口。会与州人，饮公遗爱，一江醇酎。

玉楼春（瘦筇倦作登高去）

宋 · 辛弃疾

瘦筇倦作登高去。却怕黄花相尔汝。岭头拭目望龙安，更在云烟遮断处。

思量落帽人风度。休说当年功纪柱。谢公直是爱东山，毕竟东山留不住。

水调歌头·水洞

宋·韩元吉

今日俄重九，莫负菊花开。试寻高处，携手蹑屐上崔嵬。放目苍岩千仞。云护晓霜成阵。知我与君来。古寺倚修竹，飞槛绝纤埃。

笑谈间，风满座，酒盈杯。仙人跨海，休问随处是蓬莱。落日平原西望。鼓角秋深悲壮。戏马但荒台。细把茱萸看，一醉且徘徊。

绍兴辛未至丙子六年间，予年方壮，每遇重九，多与一时名士登高于蕺山宇泰阁。距开禧丁卯六十年，忧患契阔，何所不有，追数同游诸公，乃无一人在者，而予犹强健，惨怆不能已，赋诗识之

宋·陆游

故里登高接隽游，即今不计几番秋。
一樽尚与菊花醉，万事不禁江水流。
薄命虽多死闾巷，逢时亦有至公侯。
若论耄岁朱颜在，穷达皆当输一筹。

声声慢·和沈时斋八日登高韵

宋·吴文英

凭高入梦，摇落关情，寒香吹尽空岩。坠叶消红，欲题秋讯难缄。重阳正隔残照，趁西风、不响云尖。乘半暝、看残山濯翠，剩水开奁。

暗省长安年少，几传杯吊甫，把菊招潜。身老江湖，心随飞雁天南。乌纱倩谁重整，映风林、钓玉纤纤。漏声起，乱星河、入影画檐。

玉楼春（秋灯连夜寒生晕）

金末元初·元好问

秋灯连夜寒生晕。书砚朝来龙尾润。胧胧窗影暗移时，槭槭檐声还一阵。

黄花白酒登高近。意外阴晴谁处问。青山只管恋行云，忙杀晚风吹不尽。

最高楼·九日

元·薛昂夫

登高懒，且平地过重阳。风雨又何妨。问牛山悲泪又何苦，龙山佳会又何狂。笑渊明，便归去，又何忙。

也休说、玉堂金马乐。也休说、竹篱茅舍恶。花与酒，一般香。西风莫放秋容老，时时留待客徜徉。便百年，浑是醉，几千场。

汴城八景 其七 吹台秋雨

明·于谦

郡城东畔古台荒，风雨潇潇送晚凉。
叆叇山川迷远近，高低禾黍坠青黄。
冲开暮霭帆来重，叫破愁云雁过忙。
携酒登高应有约，莫教冷落妒重阳。

赏菊篇

赏菊是重阳节习俗的组成部分，所以重阳又被称为菊花节，菊花也被称为九花。宋代《东京梦华录》卷八："九月重阳，都下赏菊，有数种。其黄、白色蕊者莲房曰'万龄菊'，粉红色曰'桃花菊'，白而檀心曰'木香菊'，黄色而圆者'金龄菊'，纯白而大者曰'喜容菊'。无处无之"。自古，菊花就被视为长寿之花，人们更欣赏菊花凌寒而开，艳丽而不骄奢的品格，把菊花奉为凌霜不屈的象征，所以历代重阳诗词中，有很多借菊咏物抒怀的优秀作品。

摘园菊赠谢仆射举诗

南北朝·王筠

灵茅挺三脊，神芝曜九明。
菊花偏可憙，碧叶媚金英。
重九惟嘉节，抱一应元贞。
泛酌宜长主，聊荐野人诚。

过故人庄

唐·孟浩然

故人具鸡黍，邀我至田家。
绿树村边合，青山郭外斜。
开轩面场圃，把酒话桑麻。
待到重阳日，还来就菊花。

九日病起

唐·殷尧藩

重阳开满菊花金，病起楮床惜赏心。
紫蟹霜肥秋纵好，绿醅蚁滑晚慵斟。
眼窥薄雾行殊倦，身怯寒风坐未禁。
沈醉又成来岁约，遣怀聊作记时吟。

九日寄行简

唐·白居易

摘得菊花携得酒，绕[1]村骑马思悠悠。
下邽田地平如掌，何处登高望梓州。

按：① 一作远

淳化二年八月晦日夜梦于上前赋诗。既寤，唯省一句云“九日山州见菊花”，间一日有商于贰车之命实以十月三日到郡，重阳已过，残菊尚多，意梦已征矣。今忽然一岁又逼？登高追续前诗句因成四韵

宋·王禹偁

节近登高忽叹嗟，经年憔悴别京华。
贰车何处搔蓬鬓，九日山州见菊花。
梦里荣衰安足道，眼前杯酒且须赊。
商于邹鲁虽迢递，大底携家即是家。

重九

宋・华岳

破帽无情不受吹，满头霜雪已如丝。
菊花笑我三秋客，风物撩人九日诗。
三楚膏腴已煨烬，二江皮肉更疮痍。
子卿三月无音信，鸿雁南来何所之。

更高亭

宋・张景脩

稚子山妻伴老翁，重阳寻遍菊花丛。
明年把酒知何处，却忆高亭是梦中。

九日诸季散处长乐外邑怅然有怀二首 其二

宋・李纲

终朝兀坐但焚香，身世翛然已两忘。
收拾江山归古锦，招邀风月入虚堂。
鹡鸰散去波翻海，鸿雁归来天雨霜。
命驾莫辞佳节后，菊花开日即重阳。

秋雨二首 其二

宋·陆游

秋晚兼旬雨，雨晴当有霜。
颇思游近县，亦已戒轻装。
珍鲞披绵美，寒醅拨雪香。
菊花常岁有，所喜及重阳。

重阳席上赋菊花

宋·陈襄

折菊东篱下，携觞为燕遨。
闲情秋后放，幽艳静中高。
九月陶公酒，三闾楚客骚。
及时须采掇，忍使弃蓬蒿。

定风波·重阳括杜牧之诗

宋·苏轼

与客携壶上翠微。江涵秋影雁初飞。尘世难逢开口笑。年少。菊花须插满头归。

酩酊但酬佳节了。云峤。登临不用怨斜晖。古往今来谁不老。多少。牛山何必更沾衣。

醉花阴（薄雾浓云愁永昼）

宋・李清照

薄雾浓云愁永昼，瑞脑消金兽。佳节又重阳，玉枕纱厨，半夜凉初透。
东篱把酒黄昏后，有暗香盈袖。莫道不销魂，帘卷西风，人比黄花瘦。

鹧鸪天・寻菊花无有戏作

宋・辛弃疾

掩鼻人间臭腐场。古来惟有酒偏香。自从归住云烟畔，直到而今歌舞忙。
呼老伴，共秋光。黄花何事避重阳。要知烂熳开时节，直待西风一夜霜。

太阳十六题 其十三

元・耶律楚材

重阳九日菊花新，妙契忘言不犯春。
收得安南忧伐北，不知何日得通津。

徒步至宝光寺

明・文徵明

布袜青鞋短褐衣，酒樽诗卷一僮随。
白头自笑曾供奉，徒步谁怜老拾遗。
五亩喜闻粳稻熟，重阳还恨菊花迟。
松寮竹谷逍遥地，时有山僧乞小诗。

醉秋篇

在重阳节饮菊花酒，是自古代流行的一种民间风俗。九九与“久久”谐音，与“酒”也同音，因此派生出九九要喝菊花酒的这一说法。

我国酿制菊花酒，早在汉魏时期就已盛行。据《西京杂记》载称“菊花舒时，并采茎叶，杂黍为酿之，至来年九月九日始熟，就饮焉，故谓之菊花酒。”传说喝了这种“菊花酒”可延年益寿。

秋天菊花盛开，边赏菊边饮菊花酒的雅兴起源于晋朝诗人陶渊明。历代诗人们花酒助兴，写愁言志，留下许多的优秀诗篇。

秋登兰山寄张五

唐·孟浩然

题注：一作九月九日岘山寄张子容，一作秋登万山寄张文儃

北山白云里，隐者自怡悦。
相望试登高，心飞逐鸟灭①。
愁因薄暮起，兴是清秋发。
时见村人归，沙行②渡头歇。
天边树若荠，江畔洲如月。
何当载酒来，共醉重阳节。

注：① 一作心随雁飞灭；② 一作平沙。

【历代评注】

《苕溪渔隐丛话》：

引《复斋漫录》语：颜之推《家训》云："《罗浮山记》：'望平地树如荠'。故戴皓诗'长安树如荠'。有人《咏树》诗：'遥望长安荠'，此耳学之过也。"余因读浩然《秋登万（兰）山》诗："天边树若荠，江畔洲如月。"乃知孟真得皓意。

《王孟诗评》：

刘云：朴而不厌。

《升庵诗话》：

《罗浮山记》云："望平地树如荠。"自是俊语。梁戴皓诗"长安树如荠"，用其语也。后人翻之益工，薛道衡诗："遥原树若荠，远水舟如叶。"孟浩然诗："天边树若荠，江畔洲如月。"

《唐贤三昧集笺注》：

刘云："时见"二句，其俚如此。

《唐贤清雅集》：

超旷中独饶劲健，神味与右丞稍异，高妙则一也。结出主意，通首方着实。

《历代诗评注读本》：

"天边"、"江畔"两句，摹写物象，超然入神。

《唐诗鉴赏辞典》：

① 万山：襄阳西北十里，又称方山、蔓山、汉皋山等。一作"兰山"，

误。张五：一作张子容，兄弟排行不对，张子容排行第八。

② 北山：万山在襄阳以北。

③ 试：一作“始”。“心随”一句：又作“心飞逐鸟灭”、“心随飞雁灭”、“心随鸟飞灭”等。

④ 清秋：一作“清境”。

⑤ 平沙：又作“沙行”。

⑥ 舟：又作“洲”。

晚晴吴郎见过北舍

唐·杜甫

圃畦新①雨润，愧子废锄来。
竹杖交头拄，柴扉隔②径开。
欲栖群鸟乱，未去小童催。
明日重阳酒，相迎自酦醅。

注：① 一作佳；② 一作埽。

九月八日酬皇甫十见赠

唐·白居易

君方对酒缀诗章，我正持斋坐道场。
处处追游虽不去，时时吟咏亦无妨。
霜蓬旧鬓三分白，露菊新花一半黄。
惆怅东篱不同醉，陶家明日是重阳。

舟行即事

唐·杜荀鹤

年少髭须雪欲侵，别家三日几般心。
朝随贾客忧风色，夜逐渔翁宿苇林。
秋水鹭飞红蓼晚，暮山猿叫白云深。
重阳酒熟茱萸紫，却向江头倚棹吟。

十拍子（白酒新开九酝）

宋·苏轼

白酒新开九酝，黄花已过重阳。身外傥来都似梦，醉里无何即是乡。东坡日月长。

玉粉旋烹茶乳，金齑新捣橙香。强染霜髭扶翠袖，莫道狂夫不解狂。狂夫老更狂。

满江红（喜遇重阳）

宋·宋江

喜遇重阳，更佳酿今朝新熟。见碧水丹山，黄芦苦竹。头上尽教添白发，鬓边不可无黄菊。愿樽前长叙弟兄情，如金玉。

统豺虎，御边幅，号令明，军威肃。中心愿，平虏保民安国。日月常悬忠烈胆，风尘障却奸邪目。望天王降诏，早招安，心方足。

陈献可宋孝先万孝杰夏伯虎和诗复用前韵

宋·王十朋

准拟重阳会诗酒，手种菊花凡数亩。

佳节相逢俱可人，一一篇章堪适口。

扬庭酝籍更清新（自注：陈），晋宋间人颜谢友。

舜卿词源浩万斛（自注：宋），下笔惊人风雨吼。

季梁萧洒诗如人，飘然自是风骚手（自注：万）。

用之年少富文墨（自注：夏），日出珠玑不论斗。

诚叔思深希仲逸，齐驱未识谁先后。

老朽那能敌年少，胸中空洞嗟无有。

张我三军得数子，造物遗予非不厚。

明年秋战岂无人，云梦定须吞八九。

念奴娇（风帆更起）

宋·张孝祥

风帆更起，望一天秋色，离愁无数。明日重阳尊酒里，谁与黄花为主。别岸风烟，孤舟灯火，今夕知何处。不如江月，照伊清夜同去。

船过采石江边，望夫山下，酌水应怀古。德耀归来虽富贵，忍弃平生荆布。默想音容，遥怜儿女，独立衡皋暮。桐乡君子，念予憔悴如许。

南乡子·重阳日宜州城楼宴集即席作

宋·黄庭坚

诸将说封侯，短笛长歌独倚楼。万事尽随风雨去，休休，戏马台南金络头。

催酒莫迟留，酒味今秋似去秋。花向老人头上笑，羞羞，白发簪花不解愁。

重阳已后折菊泛酒

宋·李新

芳樽毕献酬，世态等闲休。

金蕊香犹在，骚人意重留。

泛觞诗老座，作古饮家流。

从此重阳后，殷勤送暮秋。

九月三日泛舟湖中作

宋·陆游

儿童随笑放翁狂，又向湖边上野航。

鱼市人家满斜日，菊花天气近新霜。

重重红树秋山晚，猎猎青帘社酒香。

邻曲莫辞同一醉，十年客里过重阳[①]。

念奴娇·重九席上

宋·辛弃疾

龙山何处，记当年高会，重阳佳节。谁与老兵供一笑，落帽参军华发。莫倚忘怀，西风也曾，点检尊前客。凄凉今古，眼中三两飞蝶。

须信采菊东篱，高情千载，只有陶彭泽。爱说琴中如得趣，弦上何劳声切。试把空杯，翁还肯道，何必杯中物。临风一笑，请翁同醉今夕。

自述 其二

宋·刘过

精神凋耗鬓毛衰，劫火光中第几回。
无可奈何教老去，有时猛省忽[1]愁来。
师崇[2]道学原非伪，客寄苏州却类呆。
明日重阳又佳节，得钱且醉菊花杯。

注：① 江湖集作却；② 江湖集作从。

朝中措（时情天意枉论量）

金末元初·元好问

时情天意枉论量。乐事苦相忘。白酒家家新酿，黄花日日重阳。
城高望远，烟浓草澹，一片秋光。故国江山如画，醉来忘却兴亡。

佩萸篇

传统上，重阳节还有佩插茱萸的习俗，所以又叫做茱萸节。茱萸入药，可制酒养身祛病。插茱萸和簪菊花在唐代就已经很普遍。

茱萸香味浓，有驱虫去湿、逐风邪的作用，并能消积食，治寒热。民间认为九月初九也是逢凶之日，多灾多难，所以在重阳节人们喜欢佩带茱萸以辟邪求吉。茱萸因此还被人们称为“辟邪翁”。

历代诗人也常将茱萸作为重阳的重要意象，借茱萸寄托乡思、咏喻人生的美好期愿。

九日得新字

唐·孟浩然

初九①未成旬，重阳即此晨。
登高闻古②事，载酒访幽人。
落帽恣欢饮，授衣同试新。
茱萸正可佩，折取寄情亲。

按：①一作九日；②一作寻故。

送裴图南

唐·王昌龄

黄河渡头归问津，离家几日茱萸新。
漫道闺中飞破镜，犹看陌上别行人。

九月九日忆山东兄弟

唐・王维

独在异乡为异客，每逢佳节倍思亲。
遥知兄弟登高处，遍插茱萸少一人。

九日蓝田崔氏庄

唐・杜甫

老去悲秋强自宽，兴来今[1]日尽君欢。
羞将短发还吹帽，笑倩旁人为正冠。
蓝水远从千涧落，玉山高并两峰寒。
明年此会知谁健[2]，醉[3]把茱萸子细看。

按：① 一作终；② 一作在；③ 一作再。

长安贼中寄题江南所居茱萸树

唐・武元衡

手种茱萸旧井傍，几回春露又秋霜。
今来独向秦中见，攀折无时不断肠。

舟行即事

唐・杜荀鹤

年少髭须雪欲侵，别家三日几般心。
朝随贾客忧风色，夜逐渔翁宿苇林。
秋水鹭飞红蓼晚，暮山猿叫白云深。
重阳酒熟茱萸紫，却向江头倚棹吟。

谢新恩（冉冉秋光留不住）

南唐・李煜

冉冉秋光留不住，满阶红叶暮。又是过重阳，台榭登临处。

茱萸香堕，紫菊气，飘庭户，晚烟笼细雨。雍雍新雁咽寒声，愁恨年年长相似。

感皇恩（九日菊花迟）

宋・李纲

九日菊花迟，茱萸却早。嫩蕊浓香自妍好。一簪华发，只恐西风吹帽。细看还遍插，人忘老。

千古此时，清欢多少。铁马台空但荒草。旅愁如海，须把金尊销了。暮天秋影碧，云如扫。

鹧鸪天·明日独酌自嘲呈史应之

宋·黄庭坚

万事令人心骨寒。故人坟上土新乾。淫坊酒肆狂居士，李下何妨也整冠。
金作鼎，玉为餐。老来亦失少时欢。茱萸菊蕊年年事，十日还将九日看。

贺新郎·九日与二弟二客郊行

宋·刘克庄

老去光阴驶。向西风、疏林变缬，残霞成绮。尚喜暮年腰脚健，不碍登山临水。算自古、英游能几。客与桓公俱臭腐，独流传、吹帽狂生尔。后来者，亦犹此。

篮舆伊轧柴桑里。问黄花、没些消息，空篱而已。赖有一般芙蓉月，偏照先生怀里。且觅个、栏干同倚。检点樽前谁见在，忆平生、共插茱萸底。欢未足，饮姑止。

青玉案（一尊聊对西风醉）

宋·吕渭老

一尊聊对西风醉。况九日、明朝是。曾与茱萸论子细。江天虚旷，暮林横远，人隔银河水。

碧云渐展天无际。吹不断、黄昏泪。若作欢期须早计。如何得似，鬓边新菊，双结黄金蕊。

秋夜

宋·陆游

老觉人间岁月遒，愔愔窗户一灯幽。
读书已废虚长夜，护塞无期负盛秋。
病齿何堪食粱肉，残躯惟念制衣裘。
重阳卧看登高侣，满地茱萸只自愁。

鹧鸪天（终日看山不厌山）

宋·周紫芝

终日看山不厌山。寻思百计不如闲。何时得到重阳日，醉把茱萸仔细看。
攲醉帽，倚雕阑。偶然携酒却成欢。篱边黄菊关心事，触误愁人到酒边。

霜叶飞·重九

宋·吴文英

断烟离绪。关心事，斜阳红隐霜树。半壶秋水荐黄花，香噀西风雨。纵玉勒，轻飞迅羽。凄凉谁吊荒台古？记醉踏南屏，彩扇咽、寒蝉倦梦，不知蛮素。

聊对旧节传杯，尘笺蠹管，断阕经岁慵赋。小蟾斜影转东篱，夜冷残蛩语。早白发、缘愁万缕。惊飙从卷乌纱去。漫细将、茱萸看，但约明年，翠微高处。

重阳（庚辰）其三

宋·文天祥

风捲车尘弄晓寒，天涯流落寸心丹。
去年醉与茱萸别，不把今年作健看。

重阳

宋末元初·刘辰翁

风流九日胜前期，谁把茱萸压桂枝。
天地尽从骚国老，风烟何似蒋陵时。
故人四海知谁健，白发黄花总奈吹。
满座衣冠陈迹远，明年复忆去年诗。

送黄将军分镇台城

明·胡奎

渥洼之驹走千里，雪花凝寒吹不起。
将军仗剑出洪都，南来手挽天河水。
天河直与东海通，榑桑虬枝挂弯弓。
旌旗倒射海底日，金鸦夜啼华顶峰。
彼州之人迎我侯，此州之人不可留。
顺风吹帆疾如马，绿水荡漾芙蓉秋。
九日黄花一尊酒，手把茱萸当杨柳。
将军自有谷城书，勋业传家垂不朽。

秋宴篇

除了登高、佩茱萸、饮菊花酒、吃菊花糕等习俗外，传统重阳还盛行重阳宴。重阳宴从三国时代就已有记载。三国魏文帝曹丕在《与钟繇书》中说："岁往月来，忽复九月九日，九为阳数，两日月并应，俗嘉其名，以为宜奉和圣制重阳日赐宴……"到了隋唐时期，重阳宴就成了文化定俗。重阳这一天，各级政府宴请官员以示对天下的祝福与期待，民间也盛行家宴以贺团圆欢聚。历代诗词作品，有很多以重阳宴饮为主题的，诗人们借此抒怀咏志。有趣的是，历代帝王有不少也留下了重阳宴饮的诗词，显示了帝王们少有的与民同乐的一面。

侍宴乐游苑应令诗

南北朝·庾肩吾

辙迹光周颂，巡游盛夏功。
铭陈万骑转，阊阖九关通。
秋晖逐行漏，朔气绕相风。
献寿重阳节，回銮上苑中。
疏山开辇道，间树出离宫。
玉醴吹岩菊，银床落井桐。
御梨寒更紫，仙桃秋转红。
饮羽山西射，浮云冀北骢。
尘飞金埒满，叶破柳条空。

腾猿疑矫箭，惊雁避虚弓。
彫材滥杞梓，花绶接鹓鸿。
愧乏天庭藻，徒参文雅雄①。

按：①《古今岁时杂咏》三十三作“九日宴乐游苑应令”。《文苑英华》百七十三作“侍宴九日”。《诗纪》八十、《类聚》四、《初学记》四并作“侍宴九日”。引功、通、风、中、宫、桐、骢、空八韵。《御览》三十二作“九日侍宴”。引功、通、风、中、宫、桐、聪、空八韵。

九日侍宴诗

南北朝·萧子良

月展风转，层台气寒。
高云敛色，遥露已团。
式诏司警，言戾秋峦。
轻觞时荐，落英可餐。

重九登滁城楼，忆前岁九日归沣上赴崔都水及诸弟宴集，悽然怀旧

唐·韦应物

今日重九宴，去岁在京师。
聊回出省步，一赴郊园期。
嘉节始云迈，周辰已及兹。
秋山满清景，当赏属乖离。

凋散民里阔，摧翳众木衰。
楼中一长啸，恻怆起凉飔。

奉和严司空重阳日同崔常侍崔郎及诸公登龙山落帽台佳宴

唐·令狐楚

题注：一作奉和严司空重阳日同崔常侍崔郎中及诸公登龙山落帽台佳宴。一作元稹诗。

谢公秋思渺天涯，蜡屐登高为菊花。
贵重近臣光绮席，笑怜从事落乌纱。
萸房暗绽红珠朵，茗碗寒供白露芽。
咏碎[①]龙山归出号[②]，马奔流电妓奔车。

按：① 一作醉咏；② 一作去晚。

陪江州李使君重阳宴百花亭

唐·朱庆馀

闲携九日酒，共到百花亭。
醉里求诗境，回看岛屿青。

重阳锡宴群臣

唐·李忱

题注：时收复河湟

款塞旋征骑，和戎委庙贤。
倾心方倚注，叶力共安边。

重阳日赐宴曲江亭赋六韵诗用清字

唐·李适

朕在位仅将十载，实赖忠贤左右，克致小康。是以择三令节，锡兹宴赏，俾大夫卿士，得同欢洽也。夫共其戚者同其休，有其初者贵其终。咨尔群僚，顺朕不暇，乐而能节，职思其忧，咸若时则，庶乎理矣。因重阳之会，聊示所怀。

早衣对庭燎，躬化勤意诚。
时此万机暇，适与佳节并。
曲池洁寒流，芳菊舒金英。
乾坤爽气满，台殿秋光清。
朝野庆年丰，高会多欢声。
永怀无荒戒，良士同斯情①。

按：①因诏曰：卿等重阳会宴，朕想欢洽，欣慰良多，情发于中，因制诗序，令赐卿等一本，可中书门下简定文词士三五十人应制，同用清字。明日内于延英门进来，宰臣李泌等虽奉诏简择，难于取舍，由是百僚皆和，上自考其诗，以刘太真及李纾等四人为上等，鲍防、于邵等四人为次等，

张濛、殷亮等二十三人为下等。而李晟、马燧、李泌三宰相之诗，不加考第。时贞元四年九月也。

和贾主簿弁九日登岘山

唐·孟浩然

楚万重阳日，群公赏宴来。
共乘休沐暇，同醉菊花杯。
逸思高秋发，欢情落景催。
国人咸寡和，遥愧洛阳才。

云安九日郑十八携酒陪诸公宴

唐·杜甫

寒花开已尽，菊蕊独盈枝。
旧摘人频异，轻香酒暂随。
地偏初衣袂，山拥更登危。
万国皆戎马，酣歌泪欲垂。

宫词 其九

宋·赵佶

清晨檐际肃霜鲜，晓日初消万瓦烟。
隆德重阳开小宴，竞将黄菊作花钿。

蝶恋花（庭院碧苔红叶遍）

宋·晏几道

庭院碧苔红叶遍，金菊开时，已近重阳宴。日日露荷凋绿扇，粉塘烟水澄如练。

试倚凉风醒酒面，雁字来时，恰向层楼见。几点护霜云影转，谁家芦管吹秋怨。

【历代评注】

（1）碧苔红叶：韩《效崔辅国体四首》之二："雨后碧苔院，霜来红叶楼。"此处化用。

（2）重阳：即重九。曹丕《与钟繇书》："岁往月来，忽复九月九日，九为阳数，而日月并应，故曰重阳。"

（3）绿扇：指荷叶。韩《暴雨》："擎荷翻绿扇。"

（4）澄如练：谢《晚登三山还望京邑》："澄江静如练。"练，白绢。

（5）雁字：雁飞成行，似字形，故称"雁字"。

（6）护霜：宋费衮《梁漫志》七《方言入诗》："九月霜降而云，谓之护霜。竹坡周少隐有句云：'雨细方淋露，云疏欲护霜。'"

（7）芦管：乐器名。此句化用李益《夜上受降城闻笛》诗"不知何处吹芦管"句意。

受恩深（雅致装庭宇）

宋·柳永

雅致装庭宇。黄花开淡泞。细香明艳尽天与。助秀色堪餐，向晓自有真珠露。刚被金钱妒。拟买断秋天，容易独步。

粉蝶无情蜂已去。要上金尊，惟有诗人曾许。待宴赏重阳，恁时尽把芳心吐。陶令轻回顾。免憔悴东篱，冷烟寒雨。

次韵知郡安抚九日南楼宴集三首 共二

宋·范成大

珠履参陪北海觞，仍邀拥节旧中郎。
碧城香雾连天暝，黄叶霜风捲地凉。
佳节转头论聚散，清波从古阅兴亡。
明年重把茱萸醉，公在丛霄贡玉堂。

南乡子·重阳日宜州城楼宴集即席作

宋·黄庭坚

诸将说封侯，短笛长歌独倚楼。万事尽随风雨去，休休，戏马台南金络头。

催酒莫迟留，酒味今秋似去秋。花向老人头上笑，羞羞，白发簪花不解愁。

九日登镇楼小宴

明·王世贞

晋阳风色更重阳，阁頫千岩万木苍。
白雁不传南国信，黄花偏作后时香。
衰颠倚帽难从落，独客传萸转自伤。
莫使牛山笑人在，一尊聊学少年狂。

九日诸友宴集分韵得将字

明・王绂

塞北秋高思转伤，孤城风雨又重阳。
杯盘强欲酬佳节，踪迹还惊老异乡。
白发几人存故旧，黄花何处觅清香。
烽尘那忍登高望，南国音书绝寄将。

寄和篇

重阳节历来也是文化活动最为丰富的节日之一，酬答应和是历代重阳诗词常见的主题，借藉文字间的酬答应和，历代诗人们表达相互的思念和对家国人生的种种思考，留下了很多名篇佳作。

九日沣上作寄崔主簿倬二李端系

唐·韦应物

凄凄感时节，望望临沣涘。
翠岭明华秋，高天澄遥滓。
川寒流愈迅，霜交物初委。
林叶索已空，晨禽迎飙起。
时菊乃盈泛，浊醪自为美。
良游虽可娱，殷念在之子。
人生不自省，营欲无终已。
孰能同一酌，陶然冥斯理。

九日和于使君思上京亲故

唐·灵澈

清晨有高会，宾从出东方。
楚俗风烟古，汀洲草木凉。
山情来远思，菊意在重阳。
心忆华池上，从容鸳鹭行。

九日寄微之

唐·白居易

眼暗头风事事妨，绕篱新菊为谁黄。
闲游日久心慵倦，痛饮年深肺损伤。
吴郡两回逢九月，越州四度见重阳。
怕飞杯酒多分数，厌听笙歌旧曲章。
蟋蟀声寒初过雨，茱萸色浅未经霜。
去秋共数登高会，又被今年减一场。

宣州九日闻崔四侍御与宇文太守游敬亭，余时登响山不同此赏醉后寄崔侍御二首 其二

唐·李白

九日茱萸熟，插鬓伤早白。
登高望山海，满目悲古昔。
远访投沙人，因为逃名客。
故交竟谁在，独有崔亭伯。

重阳不相知，载酒任所适。
手持一枝菊，调笑二千石。
日暮岸帻归，传呼隘阡陌。
彤襜双白鹿，宾从何辉赫。
夫子在其间，遂成云霄隔。
良辰与美景，两地方虚掷。
晚从南峰归，萝月下水壁。
却登郡楼望，松色寒转碧。
咫尺不可亲，弃我如遗舄。

九日寄岑参

唐・杜甫

出门复入门，两脚但如旧。
所向泥活活，思君令人瘦。
沉吟坐西轩[①]，饭食错昏昼。
寸步曲江头，难为一相就。
吁嗟呼苍生，稼穑不可救。
安得诛云师，畴能补天漏。
大明韬日月，旷野号禽兽。
君子强逶迤，小人困驰骤。
维南有崇山，恐与川浸溜。
是节东篱菊，纷披为谁秀。
岑生多新诗，性亦嗜醇酎。
采采黄金花，何由满衣袖。

按：① 一作吟卧轩窗下

【注释】

（1）岑参：盛唐著名诗人，为杜甫诗友。

（2）复：是再三再四。因为雨所困，故方欲出门访友，又复入门。

（3）泥活活：读音“括”，走在泥淖中所发出的声音。

（4）饭食错昏昼：阴雨不辨昏昼，故饭食颠倒。

（5）寸步：是说离得很近。但难得去拜访。

（6）云师：云神，名丰隆，一说名屏翳。畴：谁。

（7）大明：即指日月。韬：韬晦。日夜下雨，故日月尽晦。

（8）君子：指朝廷官员。逶迤：犹委蛇，从容自得的样子。《诗经·召南》：“委蛇委蛇，退食自公。”这句是说朝官虽有车马，但上朝退朝，来往泥泞，也只能勉强摆出一副官架子。语含讥讽。按白居易《雨雪放朝》诗：“归骑纷纷满九衢，放朝三日为泥途。”可见唐代原有因大雨大雪而放假的办法，但这一年雨下了六十多天，当然不能老放朝。小人：指平民和仆役。他们都是徒步，所以困于奔走。

（9）溜：水流漂急。

（10）纷披：是盛开，不能赏玩，所以说“为谁秀”。

（11）新语：一作“新诗”，醇酣即醇酒，酣音宙。

（12）黄金花：指菊花，古人多用菊花制酒。

后重九半月菊始开，因思东坡言菊花开日即重阳，取酒为之一醉，遂和渊明己酉岁九月九日之作

宋·李纲

地偏菊开晚，乃在秋冬交。
霜中色艳艳，肯逐蓬艾凋。
感此节物殊，为尔再登高。

玉觞泛金英，举酒望层霄。
云气有佳色，此岂瞪发劳。
世态互陵灭，冰炭方凝焦。
不如醉后眠，意味真陶陶。
何论饮而寿，且以乐此朝。

杭州牡丹开时，仆犹在常、润，周令作诗见寄，次其韵，复次一首送赴阙 其二

宋・苏轼

莫负黄花九日期，人生穷达可无时。
十年且就三都赋，万户终轻千首诗。
天静伤鸿犹戢翼，月明惊鹊未安枝。
君看六月河无水，万斛龙骧到自迟。

和青州教授顿起九日见寄

宋・苏辙

岁月飘然风际烟，紫萸黄菊又霜天。
莫思太室杉松外，且醉青州歌舞前[1]。
杯酒追欢真一梦，天涯回望正三年。
近来又欲东观海，听说毛诗雅颂篇[2]。

按：①自注：昔年与顿君同登嵩顶，时正重九。②自注：君善讲《诗》。

满庭芳·和潘都曹九日词

宋·周紫芝

江绕淮城，云昏楚观，一枝烟笛谁横。晓风吹帽，霜日照人明。暗恼潘郎旧恨，应追念、菊老残英。秋空晚，茱萸细撚，醽醁为谁倾。

人间，真梦境，新愁未了，绿鬓星星。问明年此会，谁寄幽情。倚尽一楼残照，何妨更、月到帘旌。凭阑久，歌君妙曲，谁是米嘉荣。

九日偕府城诸贵人游南山寺，分韵和杜工部九日诗

宋·何梦桂

饭山吟瘦带围宽，过得秋来一日欢。
谩道高风怜破帽，还应衰发恋南冠。
黄花几度今人老，蓝水千年时梦寒。
日暮归来成醉倒，南山风雨不堪看。

蝶恋花·九日和吴见山韵

宋·吴文英

明月枝头香满路。几日西风，落尽花如雨。倒照秦眉天镜古。秋明白鹭双飞处。

自摘霜葱宜荐俎。可惜重阳，不把黄花与。帽堕笑凭纤手取。清歌莫送秋声去。

重阳寄文与可

宋·冯山

牛峰秋色翠相摩，还上凌云宴绮罗。
黄菊纵逢佳节好，清欢不似去年多。
僧房次第依重到，霜月萧条且强歌。
闻说洋州时节盛，不知高兴定如何。

重阳日西兴寄临安亲旧

宋·吕本中

我来西兴口，君在龙山旁。
如何阻一水，不共作重阳。
别浦潮犹白，深秋菊未黄。
遥知对杯酌，不记是他乡。

摸鱼儿·九日上都次韵答邢伯才

元·刘敏中

叹萍蓬、此生无定，年年客里重九。南来北去风沙梦，弹指已成白首。谁有酒。都唤起、一天秋色开林薮。还开笑口。对满意青山，多情黄菊，莫唱渭城柳。

龙钟态，也向人前叉手。思量难以持久。东涂西抹皆倾国，只有效颦人丑。嗟汝叟。今误矣，江亭好去藏衰朽。鸣鸡吠狗。尽里社追随，何须更说，鼻醋吸三斗。

重九日得诗五 其三

清·丘逢甲

题注：庚戌、辛亥稿，清宣统二年、三年、民国元年作。

西风容易一年秋，老抱雄心尚壮游。
休笑报书无别语，山中新种橘千头。

秋景篇

重阳正是一年中秋光最浓的时节，山水景物自然是重阳诗词的重要主题。历代诗人借景抒怀，留下了很多描写秋天景色的佳篇名作。

大同八年秋九月诗

南北朝·萧纲

大君重九节，下辇上林中。
酒阑嘉宴罢，车骑各西东。
时余守西掖，脂车归北宫。
车分独坐道，扇拂冶城风。
落照渐中满，浮烟槐外通。
长乐含初紫，安榴拆晚红。

杂体诗三十首 其二十四 颜特进延之侍宴

南北朝·江淹

太微凝帝宇，瑶光正神县。
揆日粲书史，相都丽闻见。
列汉构仙宫，开天制宝殿。
桂栋留夏飙，兰橑停冬霰。
青林结冥濛，丹巘被葱茜。

山云备卿霭，池卉具灵变。
重阳集清氛，下辇降玄宴。
骛望分环队，矖旷尽都甸。
气生川岳阴，烟灭淮海见。
中坐溢朱组，步檐篮琼弁。
礼登伫睿情，乐阕延皇眄。
测恩跻逾逸，沿牒懵浮贱。
承荣重兼金，巡华过盈瑱。
敢饰舆人咏，方惭渌水荐。

九日侍宴乐游苑应令诗

南北朝·庚肩吾

辙迹光周颂，巡游盛夏功。
铭陈万骑转，阊阖九关通。
秋晖逐行漏，朔气绕相风。
献寿重阳节，回銮上苑中。
疏山开辇道，间树出离宫。
玉醴吹岩菊，银床落井桐。
御梨寒更紫，仙桃秋转红。
饮羽山西射，浮云冀北骢。
尘飞金埒满，叶破柳条空。
腾猿疑矫箭，惊雁避虚弓。
彫材滥杞梓，花绶接鹓鸿。
愧乏天庭藻，徒参文雅雄[1]。

按：①《古今岁时杂咏》三十三作九日宴乐游苑应令。《文苑英华》百七十三作侍宴九日。《诗纪》八十。又《类聚》四、《初学记》四并作侍宴九日。引功、通、风、中、宫、桐、骢、空八韵。《御览》三十二作九日侍宴。引功、通、风、中、宫、桐、聪、空八韵。

九日言怀

唐・令狐楚

二九即重阳，天清野菊黄。
近来逢此日，多是在他乡。
晚色霞千片，秋声雁一行。
不能高处望，恐断老人肠。

九日

唐・李白

今日云景好，水绿秋山明。
携壶酌流霞，搴菊泛寒荣。
地远松石古，风扬弦管清。
窥觞照欢颜，独笑还自倾。
落帽醉山月，空歌怀友生。

九日遇雨二首

唐·薛涛

其一

万里惊飙朔气深，江城萧索昼阴阴。
谁怜不得登山去，可惜寒芳色似金。

其二

茱萸秋节佳期阻，金菊寒花满院香。
神女欲来知有意，先令云雨暗池塘。

河亭晴望（九月八日）

唐·白居易

风转云头敛，烟销水面开。
晴虹桥影出，秋雁橹声来。
郡静官初罢，乡遥信未回。
明朝是重九，谁劝菊花杯。

重阳山居

唐·司空图

一

诗人自古恨难穷，暮节登临且喜同。
四望交亲①兵乱后，一川风物笛声中。
菊残深处回幽蝶，陂动晴光下早鸿。
明日更期来此醉，不堪寂寞对衰翁。

按：①一作座宾朋。

《彦周诗话》：司空图，唐末竟能全节自守，其诗有“绿树连村暗，黄花入麦稀”，诚可贵重。又曰：“四座宾朋兵乱后，一川风月笛声中。”句法虽可及，而意甚委曲。

二

此身逃难入乡关，八度重阳在旧山。
篱菊乱来成烂熳，家僮常得解登攀。
年随历日三分尽，醉伴浮生一片闲。
满目秋光还似镜，殷勤为我照衰颜。

除官归京睦州雨霁

唐・杜牧

秋半吴天霁，清凝万里光。
水声侵笑语，岚翠扑衣裳。
远树疑罗帐，孤云认粉囊。
溪山侵两越，时节到重阳。
顾我能甘贱，无由得自强。
误曾公触尾，不敢夜循墙。
岂意笼飞鸟，还为锦帐郎。
网今开傅燮，书旧识黄香[①]。
姹女真虚语，饥儿欲一行。
浅深须揭厉，休更学张纲。

按：① 曾在史馆四年。

诉衷情令　其三

宋・晏殊

芙蓉金菊斗馨香。天气欲重阳。远村秋色如画，红树间疏黄。流水淡，碧天长。路茫茫。凭高目断，鸿雁来时，无限思量。

九日同从班诸公自南山过苏堤登宝叔塔

宋・许及之

柳下芙蓉锦作裳，画船波底见秋光。
登高自昔须吾辈，戏马从人上宝坊。

白发未嫌纱帽黑，紫萸偏称菊花黄。
常年风日无如此，争不从容入醉乡。

鹧鸪天（一种浓华别样妆）

宋·张孝祥

一种浓华别样妆，留连春色到秋光。解将天上千年艳，翻作人间九日黄。凝薄雾，傲繁霜，东篱恰似武陵乡。有时醉眼偷相顾，错认陶潜作阮郎。

九月八日桐川道中二绝 其二

宋·岳珂

依稀九日明朝是，三径情知不到家。
随分秋光关节物，桐川道上看黄花。

重九日醉中与世弼游华严寺

宋·欧阳澈

拨云来谒野僧家，刮眼秋光望里赊。
槛菊凋零金蕊碎，庭花袅娜玉冠斜。
遣怀诗笔摛春锦，破闷茶瓯捧雪花。
却笑远公延靖节，何须把盏醉流霞。

惜秋华·重九

宋·吴文英

细响残蛩，傍灯前、似说深秋怀抱。怕上翠微，伤心乱烟残照。西湖镜掩尘沙，翳晓影、秦鬟云扰。新鸿，唤凄凉、渐入红萸乌帽。

江上故人老。视东篱秀色，依然娟好。晚梦趁、邻杵断，乍将愁到。秋娘泪湿黄昏，又满城、雨轻风小。闲了。看芙蓉、画船多少。

发彭城

宋·文天祥

今朝正重九，行人意迟迟。
回首戏马台，野花①发葳蕤。
草埋范增冢，云见樊哙旗。
时节正如此，道路将何之。
我爱陶渊明，甲子题新诗。
白衣送酒来，把菊卧东篱。

按：①原作化，据韩本、四库本改。

怀思篇

秋天是易于感伤的季节。

在明媚的秋光里，在季节即将转入严煞枯槁的冬天时，怀思故土亲朋、抒情咏志，是历代重阳诗词一个绕不开的主题，许多诗人就此留下了千古名篇。

拟江令于长安归扬州九日赋

隋末唐初·许敬宗

游人倦蓬转，乡思逐雁来。
偏想临潭菊，芳蕊对谁开。

行军九日思长安故园

唐·岑参

题注：时未收长安
强欲登高去，无人送酒来。
遥怜故园菊，应傍战场开。

奉陪封大夫九日登高

唐·岑参

九日黄花酒，登高会昔闻。
霜威逐亚相，杀气傍中军。
横笛惊征雁，娇歌落塞云。
边头幸无事，醉舞荷吾君。

注：历代不少释读文献将本诗中末句中的“君”释为“封大夫”，但校读全诗，我认为这个“君”更应该是指天子，这是一首边疆将士怀国报君的诗。

——编者

禁中九日对菊花酒忆元九

唐·白居易

赐酒盈杯谁共持，宫花满把独相思。
相思只傍花边立，尽日吟君咏菊诗①。

按：① 元诗云：“不是花中偏爱菊，此花开尽更无花。”

李都尉重阳日得苏属国书

唐·白行简

降虏意何如，穷荒九月初。
三秋异乡节，一纸故人书。
对酒情无极，开缄思有馀。
感时空寂寞，怀旧几踌躇。

雁尽平沙迥，烟销大漠虚。
登台南望处，掩泪对双鱼。

重阳夜旅怀

唐·郑谷

强插黄花三两枝，还图一醉浸愁眉。
半床斜月醉醒后，惆怅多于未醉时。

九日

唐·李商隐

曾共山翁把酒时，霜天白菊绕阶墀。
十年泉下无人问，九日樽前有所思。
不学汉臣栽苜蓿，空教楚客咏江篱。
郎君官贵施行马，东阁无因再得窥。

捕蝗至浮云岭山行疲苶有怀子由弟二首 其二

宋·苏轼

霜风渐欲作重阳，熠熠溪边野菊香。
久废山行疲荦确，尚能村醉舞淋浪。
独眠林下梦魂好，回首人间忧患长。
杀马毁车从此逝，子来何处问行藏。

鹧鸪天（九日悲秋不到心）

宋・晏几道

九日悲秋不到心。凤城歌管有新音。凤凋碧柳愁眉淡，露染黄花笑靥深。初见雁，已闻砧。绮罗丛里胜登临。须教月户纤纤玉，细捧霞觞滟滟金。

旅中重阳有怀乡国

宋・杨亿

嘉节临重九，羁游托异乡。
萸房谁系臂，菊蕊懒浮觞。
野渡宾鸿急，村田晚稻黄。
悲秋更怀土，只恐鬓成霜。

重阳怀历阳孙公素太守

宋・郭祥正

重阳应与客登临，隔水无缘预盍簪。
浊瓮拨醅初泛蚁，佳人纤手斗挼金。
南来纵有鸡山赏，北望频兴魏阙心。
安得快风吹我去，勇提椽笔伴君吟。

次韵戏彩老人重阳怀故园作

宋・喻良能

潇洒秋容雨后天，丹青端似倩龙眠。
故园绿竹应今日，异县黄花又一年。
微禄祇堪供菽水，菲材安敢拟渊骞。
日来王事欣多暇，聊向樽前一粲然。

采桑子・九日

清・纳兰性德

深秋绝塞谁相忆，木叶萧萧。乡路迢迢。六曲屏山和梦遥。
佳时倍惜风光别，不为登高。只觉魂销。南雁归时更寂寥。

九日感赋

近代・秋瑾

百结愁肠郁不开，此生惆怅异乡来。
思亲堂上茱初插，忆妹窗前句乍裁。
对菊难逢元亮酒，登楼愧乏仲宣才。
良时佳节成辜负，旧日欢场半是苔。

天问篇

中华文化从来不缺少对宇宙自然的关怀、对人生价值的探索。仲秋的重阳，节气列序、季节更迭，更能引起诗人们的思考。历代重阳诗词中，有不少具有天问情怀的优秀作品。

九日闲居并序

魏晋·陶潜

余闲居，爱重九之名。秋菊盈园，而持（《和陶》本作时）醪靡由（《古今岁时杂咏》作时醪靡至。曾本云，一作时醪靡至），空服九（《岁时杂咏》作阳。苏写本作其）华，寄怀于言（《岁时杂咏》作时）。

世短意恒[①]多，斯人乐久[②]生。
日月依辰至，举俗爱其名。
露凄暄风息，气澈[③]天象明。
往[④]燕无遗影，来雁有馀声。
酒能[⑤]祛[⑥]百虑，菊解[⑦]制颓龄。
如何蓬庐士，空视时运倾！
尘爵耻虚罍，寒华徒自荣。
敛襟独闲谣，缅焉[⑧]起深情。
栖迟固多娱[⑨]，淹留岂无成？

按：①李本、焦本、和陶本作常。

② 岁时杂咏作有。

③ 曾本云，一作清，又作洁。

④ 曾本云，一作去。

⑤ 和陶本作消。曾本云，一作消。

⑥ 曾本云，一作常。

⑦ 焦本作解，注，宋本作解，一作为，非。曾本云，宋本作解。苏写本云，一作解。

⑧ 和陶本作为，误。

⑨ 曾本云，一作虞。

卢明府九日岘山宴袁（一作马）使君张郎中崔员外

唐·孟浩然

宇宙谁开辟，江山此郁盘。
登临今古用，风俗岁时观。
地理荆州分，天涯楚塞宽。
百城今刺史，华省旧郎官。
共美重阳节，俱怀落帽欢。
酒邀彭泽载，琴辍武城弹。
献寿先浮菊，寻幽或藉兰。
烟虹铺藻翰，松竹挂衣冠。
叔子神如在，山公兴未阑。
传闻骑马醉，还向习池看。

重阳日荆州作

唐·吴融

万里投荒已自哀，高秋寓目更徘徊。
浊醪任冷难辞醉，黄菊因暄却未开。
上[①]国莫归戎马乱，故人何在塞[②]鸿来。
惊时感事俱无奈，不待残阳下楚台。

按：①一作旧；②一作朔。

重阳日有作

唐·杜荀鹤

一为重阳上古台，乱时谁见菊花开。
偷捋[①]白发真堪笑，牢锁黄金实[②]可哀。
是个少年皆老去，争知荒冢不荣来。
大家拍手高声唱，日未沈山且莫回。

按：①一作捋；②一作更。

重阳

唐·高适

节物惊心两鬓华，东篱空绕未开花。
百年将半仕三已，五亩就荒天一涯。
岂有白衣来剥啄，一从乌帽自敧斜。
真成独坐空搔首，门柳萧萧噪暮鸦。

重阳感怀二首 其二

唐末宋初·刘兼

载花乘酒上高山，四望秋空八极宽。
蜀国江山存不得，刘家豚犬取何难。
张仪旧壁苍苔厚，葛亮荒祠古木寒。
独对斜阳更惆怅，锦江东注似波澜。

西江月·重阳栖霞楼作

宋·苏轼

点点楼头细雨。重重江外平湖。当年戏马会东徐。今日凄凉南浦。
莫恨黄花未吐。且教红粉相扶。酒阑不必看茱萸。俯仰人间今古。

病中不复问节序四遇重阳既不能登高又不觞客聊书老怀

宋·范成大

四时变迁翻覆手，百卉于人亦何有。
骚客颠诗亦狂酒，强惜黄花爱重九。
少年习气似陶公，采采金英满衣袖。
携壶木末最关情，攲帽风前几搔首。
馋吻偏怜粽栗香，新衣不管囊萸臭。
贪将节物趁遨头，肯向宾筵称病叟。
如今衰飒悟空华，现在去来飞电走。
登临旧迹如梦断，觞咏故人多骨朽。

百年长短随隙驹，万化陈新直刍狗。
不堪把玩堪一笑，安用岁时歌拊缶。
家人亦复探新篘，插花洗盏为翁寿。
蒲团困坐眼慵开，莫把故情看老丑。
挽须儿女太痴生，更问今年有诗否。

绍兴中与陈鲁山王季夷从兄仲高以重九日同游禹庙，后三十余年自三桥泛舟归山居，秋高雨霁，望禹庙楼殿重复，光景宛如当时，而三人者皆下世，予亦衰病无聊，慨然作此诗

宋·陆游

重楼杰阁倚虚空，红日苍烟正郁葱。
乡国归来浑似鹤，交朋零落不成龙。
人生真与梦何校，我辈故应情所钟。
泪渍清诗却回棹，不眠一夜听鸣蛩。

水调歌头（白日去如箭）

宋·朱敦儒

白日去如箭，达者惜分阴。问君何苦，长抱冰炭利名心。冀望封侯一品，侥倖升仙三岛，不死解烧金。听取百年曲，三叹有遗音。

会良朋，逢美景，酒频斟。昔人已矣，松下泉底不如今。幸遇重阳佳节，高处红萸黄菊，好把醉乡寻。澹澹飞鸿没，千古共销魂。

次韵徐学正九日

宋·丘葵

秋逢重九亦将阑，换得黄花青草颜。
节物只能催我老，人生那得似云闲。
有心采菊非知菊，无意看山却见山。
欲识渊明得真趣，夕阳倦鸟正飞还。

戏马台

宋·文天祥

九月初九日，客游戏马台。
黄花弄朝露，古人花飞埃。
今人哀后人，后人复今哀。
世事那可及，泪落茱萸杯。

重阳

宋·文天祥

万里飘零两鬓蓬，故乡秋色老梧桐。
雁栖新月江湖满，燕别斜阳巷陌空。
落叶何心定流水，黄花无主更西风。
乾坤遗恨知多少，前日龙山如梦中。

九日诗冯伯田王俊甫刘元辉杨泰之见和复次韵二首 其一

宋末元初·方回

空经虚纬费来之，弦急常由瑟柱危。
壮似阴山歌敕勒，悲于易水和渐离。
崎岖万古无穷事，酩酊重阳几句诗。
剩喜故人会吾意，东篱何日爵残枝。

九日南归途次用杜牧之韵

明·贺一弘

风叶萧萧竹队飞，整冠尘外世情微。
江山万古人空老，乡国重阳客正归。
佳菊不须怀旧径，冥鸿几见度斜晖。
一樽自办从游赏，何事篱根待白衣。

见素公寄和公惠山泉歌至

明·邵宝

素老书来手独开，涯翁书复几时来。
百年倡和空金玉，千丈光华自斗台。
震泽云山愁独对，重阳风雨梦初回。
坛帷更拟龙峰下，一勺清泉万古哀。

重阳后一日含绿堂吟社雅集分韵得七虞

清・陆世仪

茱萸插罢酒还沽，余兴龙山尚未孤。
万古乾坤皆草莽，一时人物在菰芦。
月泉开社天星聚，铁匣缄诗井水枯。
宇内谁成三不朽，壮心空老北山愚。